Amor ciego, justicia ciega:

Cómo amar a un narco

J.C. Solas

ISBN: 0-9982287-5-3
ISBN-13: 978-0-9982287-5-4

LA DEDICATORIA

Nuestras dudas son traidores que muchas veces nos
hacen perder el bien que podríamos ganar
si no temiéramos buscarlo.
- William Shakespeare

ÍNDICE DE CONTENIDOS

* Este libro contiene ejemplos de argot, expresiones coloquiales y regionalismos. Hemos incluido un glosario de los térmínos y expresiones utilizados al final del libro.

RECONOCIMIENTOS

Muchas gracias a todos los que estuvieron en este proyecto. Y no podemos olvidar la población en Venezuela afectada por las crisis, merece mejor. Mis pensamientos y oraciones están con ustedes y sus familias.

1
BOCA E' MUERTO

Cuando tuve que realizar mis pasantías me enviaron por primera vez a la Cárcel de Tocuyito, en Valencia -una de las ciudades más importantes de Venezuela- gracias a una "palanca" de mi mamá en Caracas, un amigo de ella que ahora es Teniente Coronel, quien me consiguió la visita a ese centro penitenciario con el fin de entrevistar a los reclusos e indagar sobre sus condiciones allí, como material para mi tesis de grado, que se centraba en conocer en qué situación estaban las cárceles en mi país. Sin duda era un tema que me emocionaba mucho. Podría ayudar a esas personas, podría entenderlos.

Así que, sin titubear, fui a aquella cárcel, pero no era para nada lo que había imaginado. Fue una gran sorpresa. Me sentí diferente y aislada. Todos aquellos hombres parecían tener un tono de piel obscuro, pero no por su raza ni su género, sino por sus vidas maltratadas. En cambio, yo parecía brillar; era muy evidente que yo nunca había estado allí; que era un especie de ángel, alguien diferente; parecía una de esas mujeres millonarias que cuando pasan, los demás la observan expectantes. Todos me miraron. Llegué a un espacio que parecía una oficina improvisada por lo descuadrada de su forma, sus paredes descuidadas y sin pintar, un escritorio que parecía tener cien años a juzgar por lo oxidado y desgastado, con una luz tenue y sombría, con la que apenas se distinguían los detalles gracias a la luz del día. No quiero imaginar ese lugar de noche, debe ser espantoso.

En ese espacio me recibió un Guardia Nacional de apellido Torrealba, según pude leer en la identificación de su uniforme verde oliva y quien al verme llegar, se le iluminó la mirada:

-Hola, mi reina ¿qué te trae por aquí?
-Buen día (dije con seriedad, tratando de esquivar el coqueteo del funcionario). Soy la Doctora Lila Castillo abogada y estoy especializándome en Derecho Penal. Quisiera poder conversar con algún recluso y utilizar esa información para mi tesis del post-grado.

Me miró como si le estuviese diciendo algo muy gracioso; como si estuviera loca. Entonces le dije:

-Vengo de parte del Teniente Coronel Arteaga Bolaños, del Comando General de la Nación.

El efectivo no había dudado en lanzar una carcajada antes de mencionarle lo del Teniente Coronel, pero cuando dije el nombre del alto oficial, fue casi mágico; su sonrisa desapareció y se puso a disposición mía. Es el poder de las influencias en Venezuela. Si vienes de parte de alguien importante, te abrirán las puertas. Pude notar que bajó un poco la cabeza solo para decirme:

 -¿Está segura, Doctora? Este no es lugar para una persona… una mujer sola.

A mí, se me vino a la mente ¿Es que éste acaso cree que porque soy delgada o mujer o porque vengo de Caracas, no puedo? ¡Claro que puedo! ¿Qué tan difícil puede ser? dije para mis adentros. Respondí instantáneamente:

 -Sólo quiero ayudar.

Mi niñez transcurrió entre la escuela y el

apartamento de mis padres; me llamaron Lila, nunca entendí el porqué. El nombre era de un color tierno, de niñita. Y yo quería ser fuerte. En la escuela siempre vi como los niños más grandes se aprovechaban de los más débiles, de los más callados, de los más educados; y aunque para esa época no sabía cómo resolver tal injusticia, siempre supe qué sería de grande: una especie de heroína que ayudaría a los demás.

Torrealba me hizo pasar a través de unas rejas desgastadas y oxidadas. El ambiente se hacía más pesado y obscuro y lamenté haberme puesto esa franela de mangas cortas, porque sentí un frio estremecedor que caló hasta mis huesos; tomé mi cabello rizado y lo até en una cola de caballo. Mi corazón latía acelerado ¿Cómo me habría adentrado yo en una cárcel? "Seguro mi mamá está rezando", pensé. Tenía mi libreta y un bolígrafo. Torrealba me dijo:

-Doctora, llene esta solicitud y de inmediato la haré conversar con un recluso, pero tiene que pedir permiso.

-¿Pedir permiso a quién? ¿Acaso ya no he hablado con usted?

-¡Ja ja ja, Doctora! ¡Como se nota que no sabe en dónde se ha metido!

Sentí un temor indescriptible ¿A quién tendría

que pedir permiso para hablar con un recluso? ¿Acaso no era él la autoridad? Mientras llenaba la planilla con todos mis datos, solo podía pensar en las palabras de mi mamá "hacer algo práctico", más fácil así, decía ella.

Desde lejos la brisa traía un olor putrefacto. Pensé que solo era mi imaginación, pensé que solo era mi mente y por la sensación de terror que sentía en ese momento, pensé en irme; pero al voltearme tropecé. Era otro abogado, con barba en la cara y con algunas canas en ella y en su cabello; de saco gris, porte alto y ropa cara – imponente– me sonrió y ofreció ayuda ¿Ayuda? Sí ¡Ayuda! Era lo que necesitaba; ya ni siquiera recordaba mi nombre debido a los nervios y aún rondaba en mi mente ¿A quién tenía que pedir permiso para hablar con un recluso?

-Disculpe, dije.
-Le ayudo, señorita. Nunca la había visto por acá. ¿Es nueva por estos lados?
-Sí, muy nueva, estoy haciendo mi trabajo final de post-grado y necesito entrevistar a alguien de aquí. Pero en serio lamento haber venido sola. Disculpe, (guardando las formalidades) Mi nombre es Lila, Lila Castillo. Abogada.
-¡Qué agradable encontrar una mujer por aquí! Y mejor aún que sea abogada, parece ser muy

valiente por estar aquí. No se preocupe coleguita, sé que no es fácil estar acá, yo vengo de lejos, vengo de Caracas, asisto a alguien que está aquí.

¡Increíble! Encontré a alguien que me puede ayudar. Pensé.

-No, no es fácil.- Contesté. Pero solo quiero conversar con un recluso. El guardia me dijo que tenía que pedirle permiso a alguien, pero no sé quién es ¿Qué debo hacer? Pensé que solo tendría que pedirle permiso a un guardia no sé… Me interrumpió.
-Colega, la burocracia y la corrupción en nuestro país, son más grandes de lo que nosotros creemos. Quienes pensamos que son los que gobiernan, no lo hacen, solo son una pantalla. Quienes menos vemos e ignoramos, son los que tienen más poder e influencia. En este país todo es plata, coleguita; no importa de donde venga o que haga para conseguirla. Aquí todo es "rial", como decimos los venezolanos. Y quien tiene más "rial" aquí en esta cárcel es el Pran. El Pran es el jefe de la cárcel, no importa de donde provenga tanto dinero. Él está por encima de, incluso, el Director de la cárcel y a pesar de estar encerrado, tiene más poder que muchos que están libres. Él es algo así como el Rey aquí, para que me entienda mejor; al que se le participa

todo, se le pregunta todo, resuelve todo.

-Increíble, lo había escuchado, pero pensé que solo eran mitos, cosas que inventa la gente; el gobierno jamás ha confirmado eso.

-Así es. Las cárceles están corrompidas. No las maneja el gobierno, ni el Estado; la paja de la Constitución es mentira; aquí quien manda es el Pran. El Pran de Tocuyito es Boca e' Muerto. Está preso porque mató a un hombre a quemarropa, pero antes mató a la esposa del tipo que estaba embarazada y a su mamá y a pesar de sus súplicas, no tuvo contemplación. Está preso porque al que mató era familiar de un policía de alto rango y por eso fue que lo agarraron, si no, estaría en la calle, coleguita.

Estaba petrificada ¿Cómo alguien podría asesinar a una mujer embarazada? No podía creerlo ¿A dónde me estaba metiendo?

-Tranquila, colega -dijo- yo la acompañaré. Mi nombre es Rodolfo Díaz-Echeverría, abogado penalista, del Escritorio Jurídico Díaz-Echeverría, Da Silva y Asociados, de Caracas. Tome mi tarjeta, estamos necesitando abogados que se integren a nuestro equipo. Y si son así de guerreros como usted, capaz de estar acá sola sin tener experiencia, pero con mucha valentía, seguro será bienvenida.

¡Guau, una oportunidad de trabajo! ¡Fantástico! Pensé.

-Muchas gracias, Doctor. Lo llamaré pronto, tengo muchos deseos de ayudar a la gente, pero por lo pronto, solo deseo conversar con un reo.
-Déjame ayudarte con eso, coleguita. No te preocupes.

El abogado hizo un gesto a Torrealba, entregándole la planilla, quien la firmó, selló, anotó algo en un cuaderno marrón y de tamaño grande, como de esos que se usan para contabilidad y me dijo:

-Adelante, pase con la femenina para la requisa. Es solo el procedimiento.

Después de nuestra gran desgracia, fue como apenas saliendo del bachillerato realicé la prueba de admisión para la Universidad Central de Venezuela, la universidad pública más prestigiosa del país, con intención de estudiar la carrera de Derecho. Sí, Derecho. Ser abogada -pensaba- me haría una mujer fuerte. Podría tener herramientas para defender a los débiles de los injustos y hundir a hombres como los que mataron a mi hermanito. Y aunque decidí ser abogada para poder tener las herramientas de defender, de cuidar, también quería encontrar a las personas que nos arruinaron nuestra felicidad.

Aprobé sin problemas el examen de admisión y para el mes de Septiembre ya empezaba mi primer año de Derecho. Me gradué sin contratiempos, sin dilaciones, en el tiempo previsto. Mi familia era una familia estable y a pesar de nuestra tristeza, era una familia tradicional. Mamá, a la que todos conocían como la señora Rosa, la triste señora Rosa que siempre olía a flores, tenía una hermosa tez que se apagó con la muerte de mi hermano. Siempre he pensado que la belleza física es un reflejo de la tranquilidad de nuestra alma, es algo que se refleja, eso lo perdió mi mamá. Siempre me decía, temerosa ya por haber sufrido la pérdida de un hijo:

-Lila, al graduarte ve por el camino práctico (para no decir fácil) de esos abogados que hacen mediaciones, redactan documentos; no me des dolores de cabeza, hija.

-Mamá, tú sabes bien que así no podré defender a nadie ¿Qué queda de las personas que no saben defenderse de los malos?

Así respondía siempre a sus súplicas para que cambiara de dirección. Yo era una idealista, pensé que podría transformar el mundo. Pensé que yo sola podría cambiar un país sumido en la corrupción. Pensé, quería y lo hice: especializarme en el área penal. Sí, penal; algo así como tratar con delincuentes, drogadictos, violadores, criminales de distintos grados, casi todos culpables. Había mucho dinero en ese mundo, se compraban Fiscales, Ministros, en un país donde la democracia solo es una fachada y donde los procesos judiciales son más largos que los establecidos por la Ley, que solo son hojas que parecen hablar sin sentido. Tenía la idea errónea de que todos podrían ser inocentes; que simplemente habían sido víctimas de alguien y que yo podría salvarlos. No fue nada de lo que pensé.

En la escuela, siempre tenía a mi lado a un tierno amiguito, Jorge (Jorginho), hijo de inmigrantes portugueses y que tenía tendencia hacia la obesidad, por lo que constantemente era víctima de las burlas de los demás. Yo me enfurecía porque Jorginho, era un niño inteligente y con un gran corazón y, aunque era unos años mayor que yo, estaba cohibido por su apariencia física -que no era su culpa- sino más bien de una alimentación desmedida y descontrolada de sus padres. Yo solo pensaba en cuidarlo. Lo quería mucho a pesar de mi corta edad. Yo era su heroína, lo defendía de los niños más audaces, que siempre buscaban una excusa para molestarlo, tirar su comida al suelo y ofenderlo con sus adjetivos despectivos. Yo me enfurecía muchísimo, me ponía tan roja de la rabia que los niños me tenían mucho miedo; pensaban que como me ponía de ese color, crecería más y los aplastaría. Me aprovechaba de eso para ahuyentarlos y era así como siempre defendía a Joao de sus atacantes. Sí, yo, una niña delgada y fina, pero con mucha fuerza de voluntad y actitud, porque si tú crees que eres grande y poderosa, lo serás.

A medida que fuimos creciendo, nos fuimos alejando. Él empezó a mejorar su aspecto físico y, por lo tanto, a ganar más confianza; empezó a pasar más tiempo con niños de su edad y ya empezaba a coquetear con chicas. Yo no lo soportaba ¿Había olvidado tantos momentos en que lo defendí? No lo sé, ya no me necesitaba, había cambiado totalmente, sus padres lo habían llevado a médicos nutricionistas que lo ayudaron a mejorar su alimentación, se alejó de mí porque ya no me necesitaba; me sentí triste y aislada, y empecé a sentirme sola en la escuela. Pero aún sentía dentro de mí esas ganas de ser heroína, esas ganas de cuidar y defender a quien más lo necesitase y si él no me necesitaba más porque era más grande que yo, pues adiós.

Me sobresalté cuando Torrealba mencionó lo de la requisa, pero estaba decidida a seguir con mi propósito y, si tenía el apoyo de alguien con experiencia, no había razón para temer. Pasé a un cuarto, donde me esperaba "la femenina", quien es Guardia Nacional, pero mujer. Se encarga de revisar que no ingrese a la cárcel ningún objeto prohibido, como drogas, armas y cosas así. Es solo un procedimiento, que como dijo Díaz-Echeverría, si tienes dinero lo evitas, pero como yo no lo tenía, tuve que resignarme a cumplirlo y pasar por ese desagradable momento.

Así pues, mientras una mujer mal encarada y tosca escudriñaba con sus manos todo mi cuerpo, incluyendo mis partes íntimas, otras hacían lo mismo a otras mujeres que venían a visitar a sus seres queridos. Eran las madres, las hermanas, las esposas y las hijas de los sujetos recluidos en aquel putrefacto lugar. Todas tuvimos que pasar por aquella suerte de "violación por motivos de seguridad" en que consiste la requisa. Todas nos sentimos ultrajadas. Nada que hacer, es "el procedimiento".

Terminada la requisa, me hicieron esperar en una fila, donde ya "mágicamente" me esperaba el Doctor Díaz-Echeverría (seguro él si tenía dinero, pensé). Se dirigió a mí y me hizo una seña para que lo siguiera, diciéndome:

-Debes estar calmada, coleguita y solo haz tu trabajo; no los provoques.

Callada y mentalizándome tratando de adaptarme lo mejor posible a ese lugar que me causaba tanto miedo, lo seguí hasta la entrada de un pasillo y empecé a sentir un poco más intenso el hedor. En ese pasillo estaban dos hombres de mal aspecto, custodiando el lugar y fuertemente armados. Eso me causó mucha sorpresa, porque ni siquiera Torrealba, el Guardia que me recibió, tenía un arma de ese calibre ¿Cómo era posible que tuvieran ellos esas armas allí? ¿Acaso para eso no es la requisa? Porque claramente no eran Guardias ¡Eran reclusos!

Pasamos una cortina y se me hizo un nudo en la garganta, pensé en devolverme, creo haber recordado lo que mi mamá me decía y tener la certeza de que ella tenía la razón, pero era tarde, ya estaba ahí. Divisé una mesa de plástico y una silla y en ella, un hombre delgado, con cicatrices en el rostro, una gorra roja y muchas prendas de oro. Me recibió muy cordialmente (casi podría decir que en forma caballeresca) y al levantarse de la silla, pude ver un arma entre su pantalón y su abdomen. Estaba aterrorizada, pero trataba de no exteriorizarlo. No podía creer todo lo que estaba viendo, además el mal olor me tenía mareada. Me presenté:

-Hola, mucho gusto (dije extendiendo mi mano temblorosa). Soy la Doctora Lila Castillo, abogada y muy pronto, experta penalista. Vengo aquí a ayudar. Alcancé a balbucear.

El hombre, con un gesto y sin decir una palabra, saludó a Díaz-Echeverría, entonces se dirigió hacia mí y al abrir la boca, mi nariz casi estalla a causa del mal olor; porque aquello no era un mal aliento común; era un olor tan fuerte y nauseabundo como si aquél hombre se estuviese descomponiendo vivo desde las entrañas. El hedor fulminó el poco ánimo que me quedaba, mientras me decía:

-¿Cómo está la fresita? Yo soy el que mientan Boca e' Muerto y aquí estamos para servirte, mi reina ¿Qué es lo que necesita una mujer tan rica como tú por estos lados, ah? ¡Háblame, fresita!

Lo dijo acentuando y alargando las palabras, como si fuese otro dialecto, en tu tono que no disimulaba la intención que se adivinaba de su mirada lujuriosa, con la cual me desvestía a medida que me hablaba ¿Boca e' Muerto? Un momento ¿Acaso este no era el Pran que me había mencionado Díaz-Echeverría hace un momento? Mi colega intervino:

-Este es mi cliente, Doctora Castillo. Puede preguntarle lo que quiera, él aquí lo sabe todo, lo conoce todo, lo entiende todo.

Pero no resistí. El hedor, las armas y el miedo que se apoderó de mí, hicieron que quisiera huir de ahí tan rápido como fuese posible. Así que les ofrecí una disculpa y salí a toda prisa, tan velozmente como podía desplazarme sin llegar a correr. Podía escuchar sus risas mientras me alejaba. De salida, volví a toparme con los dos hombres armados y con Torrealba, pero yo solo quería salir de allí, irme lejos. Irme a Caracas.

2
MI PRIMER TRABAJO

Yo nací y crecí en Caracas. Maravillada por la cantidad de luces que iluminaban las obscuras y frías noches capitalinas, que se multiplicaban sin cesar, porque a pesar de ser Caracas una de las ciudades más peligrosas del mundo, sus varios millones de habitantes se aglomeraban en urbanizaciones, cerros, edificios, grandes calles y avenidas, todos bajo el cobijo del majestuoso Cerro Ávila, montaña emblemática de esta urbe moderna y agitada que parece arropar con su imponente belleza cada aspecto de la ciudad. Y entre esa enorme cantidad de personas estaba yo, una mujer alta, blanca, delgada, de cabello largo y rizado y de facciones finas; aunque de delicada apariencia, tenía una inocultable fortaleza que irradiaba de mi mirada. Adoraba vestirme con largas faldas que me daban un aire como de gitana, con pulseras que iban cascabeleando al ritmo de mi caminar. A simple vista, podría parecer frágil, muy delicada, muy tranquila (hasta yo a veces lo pensaba) pero no lo era. Y es que para vivir en Caracas hace falta tener mucho guáramo, mucha fuerza y actitud. Capital de Venezuela, esta metrópolis es, por mucho, una ciudad muy ajetreada, con multitud de caminos y atajos y también con gente mala, cosa que yo no conocía. Mi soledad de hija única por algunos años, se desvaneció cuando mis padres decidieron traer al mundo a otro bebé: un varón. Era Fernando -Fernandito, como todos le decían- un niño muy tranquilo, pero con una inteligencia que todos (incluyéndome) creíamos especial. Tenía un don para las matemáticas que me hacía pensar que era una clase de genio. Usaba lentes y era delgado y delicado, como yo; como una versión mía en masculino, pero más pequeño y más inteligente, claro. Poseer un don para las matemáticas lo ayudó a acercarse más a mi padre (debo decir que yo era más de estar con mamá). Don Luis, como todo el mundo llamaba, era un hombre respetable y admirable; era bajito y calvo y siempre usaba el mismo perfume que lo hacía sentir masculino -"con olor a hombre" como él decía- que me hacía distinguirlo casi a kilómetros. Creo que así desarrollé mucho mi olfato y es por eso que a las personas siempre las recuerdo por su olor.

La honradez de mi padre sobrepasaba su tamaño físico. Dicha virtud fue la base para que él forjara una de las mayores empresas de distribución de hielo a nivel nacional, después de mucho esfuerzo y con largos años de trabajo y dedicación. La empresa de mi padre también distribuía y surtía de hielo a algunas ciudades importantes de Venezuela como Valencia, Maracay, San Juan de los Morros, Maracaibo y Ciudad Bolívar y sus trabajadores eran personas que estaban muy contentos de trabajar para él. Mi papá venia también de abajo, de la clase trabajadora -como ellos- por lo que entendía el esfuerzo de sus empleados y, por ello, los recompensaba lo mejor posible. Esto, a su vez, era retribuido por ellos, siendo fieles, leales y cooperadores. Así que con el esfuerzo de todos y con pasos agigantados, el negocio de mi padre crecía sostenidamente por todo el país. Y Fernandito, a sus doce años, ya era partícipe de la administración de la empresa. Su habilidad con los cálculos matemáticos era de mucha ayuda para mi papá, quien estaba orgulloso de su hijo y sabía que sería un digno heredero de sus negocios.

Pero a la par del crecimiento del negocio, mi

padre comenzó a recibir peticiones extrañas de personas que él no conocía, aunque éstas sí que conocían bien el trabajo y los movimientos de la empresa. Estos hombres que lo llamaban, le ofrecían altas sumas de dinero a cambio de que mi padre disfrazara sus "cargamentos" entre el hielo que se distribuía y los transportara a las ciudades adonde se hacían los envíos. Papá siempre se negó a hacerlo, hasta que un día, en lugar de dinero, le ofrecieron una terrible amenaza. Lo llamaron diciendo:

-Don Luis, usted hasta ahora no ha querido recibir nuestro pago por hacernos el transporte; pero de un modo u otro, lo va a hacer. Verá, se nos acabó la paciencia y de ahora en adelante, si no accede a cooperar con nosotros, pagará muy caro por su falta de "visión empresarial". Aténgase, entonces, a las consecuencias.

Papá, atemorizado, colgó el teléfono y de inmediato me llamó para que volviera a casa lo antes posible; ya él vislumbraba lo que pasaría y haría lo posible para evitarlo. Dejó todo y corrió a buscar a Fernandito al Colegio. El trayecto entre su oficina y el centro educativo se le hizo interminable. Tenía que llevarlo a un sitio seguro junto con mi madre y conmigo, pero al llegar no lo encontró. Justamente como lo había temido, la amenaza se había cumplido: testigos relataron que unos hombres usando lentes obscuros, llegaron en una camioneta negra y portando armas, amenazaron a los porteros y a todos a su paso, entraron a la institución y se llevaron a rastras a mi hermanito. Mi papá estaba absolutamente desesperado, la ansiedad lo consumía, no conseguía calmarse, se volvía loco, caminaba de un lado a otro, a ratos llorando, a ratos gritando, a ratos sumido en un silencio inescrutable, por todo nuestro apartamento. Como era de esperarse, recurrió a unos amigos que tenía en la policía, quienes inmediatamente lo ayudaron. El Comandante Superior del Cuerpo de Investigaciones de la Policía Técnica, a cargo de la investigación, antes de dedicarse a la carrera policial, había trabajado en la empresa de mi padre y le había tomado mucho cariño; por lo tanto, se dedicó de forma extraordinaria a encontrar a mi hermanito. Gracias a él fue que nos enteramos de quienes se trataban y no nos quedó duda de la clase de "cargamento" que querían transportar.

Los secuestradores se pusieron de acuerdo directamente con el Comandante. Le dijeron que no querían dinero (tenían de sobra) solo querían que mi papá cooperara con ellos para el transporte de la mercancía. Mi padre nuevamente se negó, aunque dudó por un instante, porque estaba en riesgo la vida de su hijo. Pero él sabía si accedía a sus peticiones, ese sería un trato que jamás podría romper. Su honradez no le permitía decir sí, pero su amor de padre lo hacía dudar. Así que a pesar de su gran angustia y la de todos, se negó a cumplir la exigencia. Rezando porque todo saliera bien, les ofreció dinero, todo el que él les pudiera dar. Estaba dispuesto a venderlo todo, menos su honradez.

El funcionario vinculado con la red de narcotraficantes, era ni más ni menos que el Comandante Superior del Cuerpo de Investigaciones de la Policía Técnica, el amigo de mi papá, a quien yo conocía como el señor Domingo. Sí, Domingo Izquierdo, lo recuerdo perfectamente, porque me parecía un señor noble y preocupado; era alto y barrigón, recuerdo haberlo escuchado hablar con mi papá sobre todos los riesgos que había al no aceptar cooperar con los narcotraficantes. Le dijo que vendiera la compañía y se zafara de esos males. Entretanto, mi madre no paraba de llorar. Ella, una morena clara, de cabello rizado como el mío, la señora Rosa, tenía un rostro hermoso, pero en ese momento estaba desfigurado por el llanto y los ojos hinchados. Temblaba inconteniblemente por la angustia de que pudiera sucederle algo a su bebé. No podía comer y sólo atinaba a rezar incesantemente a las ánimas benditas que, según ella, eran milagrosas. Yo no tengo esas creencias. Yo solo creo en lo justo, en lo que está bien y lo que está mal y me sentí impotente. Estaba paralizada, no podía ni llorar y mi cabeza daba vueltas pensando ¿Qué podía hacer? ¿Cómo podía ayudar? Pero yo no podía hacer nada para ayudar a mi hermanito; tal vez si fuera más grande o si tuviera alguna profesión podría ayudarlo. Habría preferido que me llevaran a mí y no a él. Fue allí cuando nació mi instinto en estudiar algo que me permitiera defender a los indefensos como mi hermanito y de hundir a los hombres sin escrúpulos que se lo habían llevado como rehén, porque de seguro estos hombres andaban por ahí haciendo de las suyas, sin ver todo el sufrimiento que le causan a familias como la nuestra.

Las lágrimas de mi madre hacían crecer en mí un odio hacia estas personas; los pasos de angustia de mi papá me hacían pensar en que yo tenía que hacer algo. Tenía que buscar la manera, quizás por ahora no podía, pero sabía que en algún momento lo lograría.

El Comandante Izquierdo se comunicó con un narcotraficante de peso. Ya habían tenido contacto previo, pues Izquierdo lo había ayudado otras veces a librarse de la justicia. Un poco de dinero por aquí, algunas personas sobornadas por allá, lo soltaban y nada había pasado. El tipo era muy joven como para ser alguien de tanto peso en la organización delictiva, a nuestro parecer, pero Izquierdo decía que así empiezan, siendo muy jóvenes. Es el poder del dinero y de la corrupción; por algo Caracas es una de las ciudades más peligrosas en el mundo, donde no se sabe a ciencia cierta si los policías son buenos o son criminales con pieles de oveja. En todo caso, debo admitir que gracias a este contacto, Izquierdo acordó el regreso de mi hermanito, haciéndose valer de los favores que él le había hecho a la red de narcotraficantes. El joven capo accedió a su devolución, aunque no de buena gana, porque no le convenía tener como enemigo a un Comandante en la Policía. Al menos, esas eran nuestras suposiciones.

La alegría nos invadió y una sensación de alivio a tanta angustia. Sabíamos que en poco tiempo mi pequeño hermano, Fernandito, estaría con nosotros, de nuevo con sus cálculos matemáticos. Se acordó que una patrulla de la policía lo iría a buscar a un lugar emblemático de Caracas: Petare. Petare es un barrio inmenso, dicen que el más grande de toda América Latina. Lleno de ranchos en su totalidad, es un cerro muy peligroso. Yo siempre pensé en cómo alguien podía vivir allí ¿Cómo tanta gente podía subir noche a noche ese cerro hasta llegar a su casa? Si es que a vivir en esos destartalados cuchitriles en tan terribles condiciones se le puede llamar casa. Sus habitantes subsisten en condiciones deplorables, muchos de ellos con ingresos tan bajos que no les alcanza para comer tres veces al día. Por eso, muchos jóvenes queriendo salir de esa pobreza extrema se unen a maleantes y de ahí se genera una suerte de cadena de producción de todos los criminales, generación tras generación, de vendedores de droga, de ladrones, de asesinos, de plagas para toda la comunidad. Es el otro lado de Venezuela. Es el lado hasta donde no alcanza todo el dinero que entra proveniente de la renta petrolera de la Nación. Y allí, en ese sitio horroroso, estaba mi hermano indefenso. "Solo espero que esté bien", me repetía una y otra vez.

A Fernandito lo tenían amarrado dentro de un vehículo negro (parece que esos hombres solo utilizan carros de ese color, para escabullirse más fácilmente supongo). Se acordó que únicamente iría un vehículo policial, solo, buscaría a mi hermano y lo regresaría a salvo. Y así sucedió. Rápidamente los policías, después de llegar al punto de encuentro casi en la cima del cerro, montaron a mi hermano en la patrulla para traerlo de vuelta a casa. Tenía sus manitas amarradas, había recibido golpes, tenía moretones en todo su cuerpecito. No puedo imaginar cómo alguien podría hacerle esto a un niño. Pero para su sorpresa y desgracia nuestra, no todo iba a resultar como estaba planeado. Los narcotraficantes no iban a quedarse tan tranquilos después de que alguien no quiso aceptar su solicitud, o mejor dicho, su imposición. También deseaban enviar un claro mensaje para el Comandante Izquierdo, haciéndole saber que él no era quien tenía el poder, sino ellos, los narcotraficantes. Y que ellos no iba a hacer lo que él quería, sino todo lo contrario. Así fue como (según cuentan las voces de la calle) que estos maleantes, en sus vehículos y motocicletas, persiguieron cuesta abajo a la patrulla en donde iban dos efectivos policiales y Fernandito. Entonces, los alcanzaron y dispararon contra el vehículo y sus ocupantes, en ráfagas atronadoras e interminables de balas que terminaron por impactar a la cabeza del conductor, causando que perdieran el control de vehículo. El carro, que venía bajando a toda velocidad por la empinada cuesta, siguió su curso hasta se detuvo estrepitosamente contra un rancho en donde dormían aún dos niños y un adolescente, quienes se habían quedado solos porque su mamá salió a trabajar desde muy temprano ¿Cuándo las cosas se habían intercambiado? ¿Desde cuándo los ladrones persiguen a los policías y no al revés? Las tres criaturas resultaron muertas, aplastadas entre los escombros del rancho y el amasijo de hierros en que quedó convertida la patrulla policial. Y ni el policía que había sobrevivido de ser alcanzado por una bala mortal, ni mi hermanito, también indemne en el tiroteo, tuvieron esta vez la fortuna de escapar al violento impacto de la colisión. Seis muertos en total: tres niños, un jovencito y dos efectivos policiales, padres de familias y personas de bien. Vidas inocentes y útiles que se perdieron en un instante, víctimas de estos terribles criminales sin corazón.

La muerte de mi hermanito fue instantánea. Su cabeza quedó destrozada en el sitio de la colisión, al impactar contra una viga de hierro macizo. Su muerte fue rápida y sin sufrimiento. Sólo tomó fracciones de segundo y eso fue todo. La del policía, en cambio, fue una agonía que duró unos 8 minutos allí en ese lugar, de donde no era posible rescatarlo con la urgencia del caso. Como el funcionario alcanzó a relatar a los curiosos que se aglomeraron en el sitio y como la autopsia confirmó, los moretones que tenía mi hermanito eran producto de una gran golpiza que había sufrido. No puedo imaginarme cómo alguien podría golpear a un niño tan brutalmente.

Además, le habían afeitado completamente su cabello, por lo que estaba calvo. No tuvieron piedad con un niño inocente de todo. No puedo imaginar cuánto sufrió mi pobre Fernando.

La culpa nos invadía. La muerte de mi hermano nos llenó de un dolor indescriptible, pues sentía un hueco en el pecho. Sentía que me ahogaba y que no podía respirar. Quería llorar, quería gritar, pero no podía, no reaccionaba. Mi mamá seguro sentía eso mil veces más fuerte que yo. Estaba inconsolable; no quería comer, no podía dormir. Le recriminaba a mi papá. Quizás si él hubiese aceptado, mi hermanito estaría con nosotros. La tristeza se apoderó de mi familia y ya nada volvió a ser igual.

Mientras tanto, el titular del noticiero en la última página de un diario cualquiera fue: "Policías laborando pierden el control del vehículo y chocan contra un rancho en Petare". Jamás se nombró el secuestro; jamás se mencionó la muerte de seis inocentes en un trágico, terrible suceso, solo porque mi papá no aceptó cumplir los caprichos de unos hombres sin escrúpulos. Nadie se enteró de la verdad. Nadie supo de nuestra desgracia y nadie supo la realidad del porqué había sucedido. Después de los acontecimientos, fue así como mi papá se hundió en el alcohol, tratando de ahogar su sentimiento de culpa y fue así como mi mamá perdió el sentido de su vida. La tristeza llegó a mi hogar, para quedarse entre nosotros.

Volví a Caracas. Creo que duré días sin comer, aún no lo recuerdo bien. El olor del aliento de ese hombre quedó impregnado en mi piel, en mi cuerpo; no podía deshacerme de él. En ese momento entendí el porqué de su apodo. Pasaron varios días hasta que lo pude superar. Me dediqué a terminar mi trabajo (ya tenía mucha información, a pesar de no haberlo entrevistado). Y al final de todo, me gradué. Ahora soy una abogada penalista, con excelentes notas en mi tesis de grado. Pasaron algunas semanas antes que me detuviera a pensar: "listo, y ¿ahora qué hago?".
Necesitaba trabajar, ejercer el Derecho, ejercer mi carrera en pro de ayudar a las personas. Necesitaba entrar a un Bufete ¿un Bufete? Claro, ya tenía la solución ¿Dónde habré guardado esa tarjeta? La tarjeta del Doctor Díaz-Echeverría, no dudaré en llamarlo. Él me había dicho que estaban buscando abogados allí, en el Escritorio Jurídico Díaz-Echeverría, Da Silva y Asociados ¡debe ser un magnífico lugar para comenzar!

-Buenas tardes. Gracias por llamar a Díaz-Echeverría, Da Silva y Asociados, Escritorio

Jurídico. A sus órdenes ¿En qué le podemos servir?

-Buenas tardes, señorita ¿Por favor me comunica con el Doctor Díaz-Echeverría?

-Déjeme ver si está disponible. ¿Me dice su nombre y el motivo de su llamada, por favor?

-Dígale que es de parte de la Doctora Lila Castillo, nos vimos hace un tiempo en el Penal de Tocuyito. Me mencionó que estaban necesitando abogados allí.

-Espere un momento por favor, Doctora. No se retire.

Esperé algunos segundos, no sé cuantos, pero ya empezaba a desesperarme el sonido de la melodía de espera de la central telefónica, hasta que la recepcionista interrumpió mi impaciencia.

-¿Doctora Castillo? Ya se lo comunico.

Una voz ronca y afectuosa sonó al otro extremo de la línea::

-¿Aló? ¡Coleguita Lila! ¡Qué grata sorpresa! ¿Cómo has estado?

-Doctor Díaz-Echeverría, me alegra escucharlo. He estado muy bien, gracias. Ya terminé mi posgrado.

-¡Qué bueno, pensé que no volvería a escucharte,

no se me olvida como saliste ese día del Penal! Creo que debí prepararte un poco más. Cuéntame ¿En qué te puedo ayudar?

-Bueno, lo llamo… este… porque usted me comentó que necesitarían abogados en ese Bufete y no me caería mal empezar a trabajar y a ganar experiencia en este momento, Disculpe el atrevimiento.

-Para nada, coleguita, justamente estaba comentando con otro de los socios que requerimos tener más gente en el Despacho. Trae tu currículo, con todos sus soportes, ven mañana mismo, en la mañana, para que te entrevistes con la gente de Recursos Humanos. En la tarjeta tienes la dirección de nuestras oficinas aquí en Caracas, en la Torre Metropolitan Center, en La Castellana. Vas a decir que vienes de mi parte y que me llamen. ¡Eso sí, vienes preparada para trabajar!

-¿En serio? ¿Así nada más?

-Sí, tranquila; solo queda de tu parte mantener tu trabajo y hacer todo bien, firma tu contrato y te vistes apropiadamente, ya sabes, profesional y bella. Mi oficina queda en otro piso distinto, pero esta semana paso por allá y me gustaría verte trabajando ya.

-¡Muchas Gracias Doctor, no lo decepcionaré!

No podía creerlo, ya había encontrado trabajo en uno de los bufetes más importantes de Caracas, de Venezuela entera y todo con una llamada y una casualidad pertinente. Es el poder de las relaciones en este país. Lo mismo que ocurrió con el Teniente Coronel y Torrealba: si vienes de parte de alguien importante o conoces a alguien, tendrás siempre las puertas abiertas.

Me preparé para mi primer día, no sabía que esperar. La Castellana es una de las zonas más lujosas de toda la capital. Aquí te consigues a grandes empresarios, importantes políticos. Debo aprovechar esta situación al máximo, pensé.

Al siguiente día estuve allí muy temprano, vestida con mi mejor traje de chaqueta y falda ajustada y mis más afilados tacones, impecablemente peinada y maquillada, luciendo como toda una gran profesional, seria, exitosa y ocupada. La Torre Metropolitan Center es un edificio muy alto, nuevo, vanguardista. Todo un hito del urbanismo caraqueño de los últimos tiempos. Sus espacios acogen a las más importantes oficinas empresariales del país y las oficinas del Escritorio Jurídico adonde me dirigía se encuentran en los niveles superiores, abarcando varios pisos, incluido el maravilloso pent-house. El ambiente era lujoso, con mobiliario moderno y estilizado, como dispuesto a recibir en cualquier momento a los fotógrafos de una revista de estilo y decoración. La luz entraba a raudales por sus inmensos ventanales desde donde se podía apreciar la magnificencia de El Ávila por un costado y de la ciudad entera, por todos los demás. Casi se podía respirar el lujo, el prestigio y el éxito encerrado en aquella atmósfera embriagadora y cautivante. Y allí, en medio de todo eso estaba yo, encandilada y maravillada, hasta que la recepcionista preguntó con amabilidad mi nombre, me buscó en su computadora y ¡Ya me estaban esperando! Solo me dijo:

-Doctora Castillo. Por favor, diríjase a Recursos Humanos por este pasillo, la puerta al final a la derecha. Allí la están esperando para que firme su contrato. Y aquella oficina que ve a su izquierda (señaló con un gesto) será su sitio de trabajo. Bienvenida.

Volteé inmediatamente hacia donde me señaló. Se trataba de un cubículo acristalado, como todos los demás, aunque de tamaño menor. Gozaba de un magnífico ventanal desde donde se divisaba el Este capitalino. A esa hora, el espacio estaba bañado por una cálida luz natural, por lo que podría trabajar allí felizmente. Fui a Recursos Humanos, entregué mi currículo y los recaudos, firmé el contrato y me fui casi saltando de alegría a tomar posesión de mi flamante nuevo puesto de trabajo. Entretanto, todos parecían comentar y preguntarse cómo había entrado a laborar allí. Me miraban con curiosidad, insistentemente y con indiscreción todos los que ahora eran mis compañeros de trabajo. Murmuraban entre ellos, al tiempo en que me señalaban. Yo no entendía su comportamiento. Alguien se acercó a dejarme un grupo de expedientes en mi escritorio. Solo me dijo:

-Trabajarás con el Doctor Da Silva. Empápate de todo lo que hay en esos expedientes, apréndelo pronto. Organiza todo, historial, recursos, pruebas, lo más rápido posible. No lo interrumpas, no le hagas preguntas, espera a que él se dirija a ti cuando te necesite y recuerda que todo esto es confidencial, está en tu contrato.

Y así fue como empezó mi primer día en aquel flamante Despacho, gracias a una "palanca". Me preguntaba quién sería el Doctor Da Silva, sus apellidos se me hacían conocidos, pero en Venezuela se repiten mucho los apellidos y éstos, en particular, no eran tan fuera de lo común. Me lo imaginé como un hombre viejo, con poco cabello y canoso. Seguro es gordo, pensé ¿Qué cosas con los estereotipos, no?

Trabajé todo ese día hasta el agotamiento. Tal parece que sí necesitaban personal, porque había mucho papeleo atrasado. Organicé todo tal y como me lo dijeron y noté que este bufete llevaba muchos casos importantes, muchos de ellos de políticos conocidos, de policías, de militares y de grandes empresas en Venezuela. Ya casi eran las cuatro de la tarde, cuando llegó un hombre alto, muy apuesto. Creí sentir conocerlo de algún lado, un déjavu como lo llaman los franceses, pero no lograba ubicarlo. Tenía hombros anchos y el traje negro que usaba le entallaba a la perfección. Corbata de seda en color verde esmeralda, labios carnosos, ojos grandes y expresivos, de tez blanca que contrastaba con sus oscuras cejas pobladas. Pasó de largo frente a mi cubículo y se dirigió a la que luego supe que era su oficina. Me había mirado apenas de reojo, sin casi prestarme atención; entró a su oficina y casi inmediatamente salió, se devolvió hacia mí y exclamó:

-¿Lila? ¡Lila! ¿Eres tú?

¿Cómo podía conocerme aquel guapo hombre? ¿Tal vez de la facultad? ¿Quién sería?

-Lila, soy yo ¿Me recuerdas? Soy Jorge. Jorge Da Silva. Me dejaron tu currículo en el escritorio y apenas lo vi, no podía creer que eras tú.

-¿Jorginho? ¿Jorginho Da Silva? ¿El chico gordito de la escuela?

No podía creerlo. El flamante Doctor Da Silva con quien iba a trabajar, era aquel gordito con el que yo solía andar en mi infancia ¿Cómo no pude recordar su nombre antes? Claro, seguramente tendría que ser porque nunca lo llamaba por su nombre, sino por el cariñoso diminutivo portugués, como lo hacían en su casa. Y no tenía nada que ver con aquel viejo canoso que me imaginé. Era él, al que siempre cuidaba y que luego me olvidó, pero que ahora de gordito no tenía nada ¡No lo puedo entender! Como dice la canción de Arjona "¡Qué grande es el Destino y esta ciudad es chica! Me latía fuerte el corazón. Estaba casi en shock.

Él estaba muy emocionado por encontrarme y yo por encontrarlo a él. No puedo negarlo, instantáneamente surgió la química entre nosotros. Entre tantas cosas que me dijo:

-Gracias a ti, soy quien soy. Me inspiraste a seguir adelante ¡y jamás olvido tus rizos, son hermosos! ¿Te llevo a tu casa y así seguimos conversando en el camino?

No pude evitar sonrojarme y, por supuesto, sentirme halagada. Y que alguien quiera llevarme, sin duda era maravilloso. El transporte público a esa hora se congestiona, me moría de hambre, pues no había almorzado pendiente de terminar con el trabajo asignado y, además, los tacones de aguja estaban destrozando mis pies. Así que acepté sin dudar, sería bueno el trayecto juntos para ponernos al día.

En el camino no le costó mucho convencerme para que nos detuviéramos a comer. Iríamos a un pequeño restaurante cerca de la Torre, con un ambiente muy tranquilo y romántico. El lugar, lujoso, caro y muy exclusivo, era El Capitalino, un restaurante muy prestigioso, en donde jamás en mi vida pensé que podría comer. Un solo servicio de comida allí, podría fácilmente costar todo mi sueldo del mes. Nos recibieron con toda amabilidad; nos ubicaron en una excelente mesa situada en el más hermoso rincón y al ritmo de un Trío de Boleristas que iban de mesa en mesa complaciendo a los comensales, disfrutamos de maravillosos platillos preparados por un afamado Chef de 3 estrellas Michelin.
Jorginho y yo hablamos hasta el cansancio, reí muchísimo, sin duda era un hombre maravilloso. En un momento dado, se acercó el Chef a nuestra mesa, para preguntarnos si habíamos quedado complacidos con el servicio. Por supuesto, respondimos afirmativamente con una

amplia sonrisa y yo no me contuve en expresarle lo deliciosa que me había parecido la cena, a lo que él respondió:

-Me alegra escucharla. Es un honor servir lo mejor de mi cocina al dueño del restaurante y a su hermosa invitada.

¿Qué es esto? Aparte de ser un abogado exitoso, de un bufete muy prestigioso en el país ¿también es dueño de un magnífico restaurante? ¿Cómo pasaría esto? Pensé. Se ha convertido en un millonario aquel gordito tímido de mi niñez.

3
¿CÓMO NACE EL AMOR?

Días ajetreados de trabajo, no paraba de organizar, de transcribir, de ordenar. Resultó que Jorge Da Silva era todo un jefe autoritario y mandón, que no tenía nada que ver con aquel hombre encantador con quien compartí aquella cena.

No tenía contemplación conmigo y me llenaba de trabajo; yo lo hacía sin queja y con eficiencia, me gustaba trabajar y aparte me pagaban muy bien; y el solo prestigio que obtenía por trabajar allí, valía mucho. Pero a pesar de todo esto, era un hombre detallista que no dejaba de alegrarme con pequeños obsequios, como notas, flores en mi escritorio, chocolates… ¿A qué mujer no le gusta todo eso? Me llevaba todos los días a cenar al restaurante, a su restaurante mejor dicho. Luego me llevaba a casa y saludaba con una gran sonrisa a mi mamá quien siempre estaba esperándome asomada al balcón:

-Buenas noches, señora Rosa ¡Gracias!- Le decía gritando desde la planta baja del edificio.

Esto lo repitió a diario durante tres meses y mi mamá y yo nos preguntábamos ¿Por qué le daba las gracias? Hasta que un día sin vacilar, camino a casa le pregunté:

-Jorge, todos los días le das las gracias a mi mamá y aún no logro entender qué le agradeces.
A lo que él, elocuentemente, respondió:

-Gracias por ti, Lila. Me cuidaste de pequeño aún siendo tú menor que yo. Me inspiraste a seguir adelante y ahora que te vuelvo a encontrar, le has dado un sentido hermoso a mi vida. Hay muchos motivos por los cuales agradecer.

Me sonrojé de inmediato. Nadie jamás me había dicho palabras tan hermosas ¿Yo le doy un sentido hermoso a la vida de alguien? Este es el hombre perfecto, no lo dudo. Y esa voz, su voz, su olor a perfume caro, no me resisto.

-¡Qué bello! Quizás eso le dices a muchas más que caen rendidas a tus pies. Le respondí, tomando un aire de duda.

-Lila ¿Cómo puedes decir eso? Hemos compartido mucho, compartimos todo el día y luego toda la tarde. Solo falta la noche y mi vida sería perfecta. Dijo, asomando una indirecta que no pude resistir.
-También pienso que sería maravilloso ¿no crees?
-Vamos a mi casa. Contestó.

Jorge dio un giro inesperado a su vehículo, un giro que nos sacudió a los dos contra un lado del carro; se desvió del camino habitual y nos dirigimos rumbo a su casa. Yo solo por dentro podía pensar ¿Estás segura? ¿Estás realmente segura?
Llegamos hasta una hermosa mansión blanca de dos pisos, con grandes ventanales de vidrio y un hermoso jardín lleno de flores. Parecía una casa de fantasía, de película. A un costado divisé otro de sus carros nuevos y una camioneta. No podía entender como la abogacía le había resultado tanto, pero en ese momento no estaba pensando. Le envié a mi madre un mensaje de texto y le dije que no volvería a casa hasta mañana. Ella y yo teníamos nuestro propio lenguaje para entendernos. Ya sabía con quien pasaría la noche. Se limitó a responder con un lacónico "Ok, Dios te bendiga, hija".
Nos estacionamos, se bajo rápidamente y me abrió la puerta, me tomó de la mano y me besó

en la mejilla y volvió a repetir "Gracias", que ya tenía nuestro propio significado. Entramos casi corriendo a su hermosa casa, que aparentemente estaba vacía, pero por la magnitud de la construcción, era difícil saberlo. Subimos rápidamente por unas escaleras, que nos llevaron a un pasillo que contenía dos puertas una frente a otra. Entramos por la primera, a su habitación. Era enorme, parecía ser del tamaño de todo el apartamento de mis padres. Una gran cama de tamaño King presidía en sitial de honor sobre una plataforma al centro de la habitación, vestida con lujosas sábanas de rica seda natural y colocada contra una pared artística decorada con lo que parecían ser láminas de nácar y piedras semipreciosas, bellamente colocadas en un impactante rectángulo a modo de enorme cabecera. Desde la cama, tenía vistas hacia la ciudad y sus luces nocturnas, allá abajo, a lo lejos, a través del gran ventanal ubicado a un costado de ella. El suelo estaba alfombrado con una suave moqueta clara de alpaca que invitaba a descalzarse y donde descansaba cual escultura para reposar, una lujosa chaise longue, indudablemente de diseñador. Todo en la habitación tenía un estilo moderno y al parecer, muy costoso. Mientras yo observaba los detalles y me maravillaba con tanto lujo, él me tomó por las caderas, robándome el primer beso. Largo, lento, profundo, lleno de deseo. Respondí cautelosa, pero me sentía en el cielo. Sentía que era un sueño, que esto no estaba pasando ¡no lo puedo creer! ¿Cómo un hombre tan atractivo y adinerado se fijó en mí? Me tomó entonces entre sus brazos sin dejar de besarme, me desvistió poco a poco y con plena seguridad en sus movimientos, mientras llenaba mi piel entera de besos delicados como si temiese posarlos con fuerza para no dañarme y eso me hacía arder por dentro a medida que su boca iba recorriendo mi desnudez. Sus manos me acariciaban con perturbadora lentitud, centímetro a centímetro; sentía su calor. Me observaba en silencio como quien observa una criatura fascinante y hermosísima. Se detenía, entonces, con sus labios posándose sobre cada porción de mi anatomía, sin excepción, mientras yo me estremecía allí, desnuda y totalmente vulnerable para él yaciendo entre sus sábanas. El roce con su torso fuerte, viril, atlético, me hacía ansiar más y más de él. Lo quería ya dentro de mi cuerpo, lo necesitaba con desesperación. Ya estaba a punto de estallar. Estaba lista. Lista para entregarme a un hombre por primera vez. Y él, sin apresurar el paso, casi maliciosamente para deleitarse con mi deseo ahora inocultable por sentir su virilidad dentro de mí, me tomaba de las muñecas y me dominaba, sin dejar de rozarme con sus labios, mis pechos, mis muslos, mi vientre; mientras mi sangre hervía y me estremecía más y más. Y así, lentamente al principio, con dulzura y ansiedad a la vez, me hizo el amor. Con vigor, con energía, incansablemente con un ritmo que variaba de acuerdo a la cercanía del éxtasis, para luego estallar ambos en un frenesí de una locura indescriptible. Y así de nuevo, una vez y otra vez y otra vez más. Muchas veces esa noche me hizo el amor; me dio placer. Un placer que yo no creía posible que nadie pudiera sentirlo. Estábamos fusionados como un solo ser, en un abrazo que yo deseaba fuese eterno. Así pasaron las horas, seguimos haciendo el amor como si no sintiéramos cansancio alguno. Me sentía feliz, sin duda estaba enamorada de ese hombre y no quería alejarme de su cuerpo jamás. Y él lo notó. Notó que a partir de ese momento, yo sería suya para siempre, `porque él era mi primer hombre y sería mi único hombre, siempre.

-Eres hermosa, Lila.

-Soy tuya, Jorge. Soy tuya. Susurraba yo, una y otra vez.

Finalmente, nos dormimos abrazados. No trabajaríamos al día siguiente, estaba claro. El mundo se había detenido para nosotros y nada importaba. Desperté muy temprano en la mañana, aún no amanecía. Estiré mi brazo y su lado de la cama estaba vacío. Sobre la mesita junto a la cama, algunos documentos y fotos a los que no les di importancia en ese momento ¿Dónde está mi Jorginho? Perezosa, salí de entre las sábanas. Cubrí mi cuerpo con su camisa, que estaba tirada a un costado de la cama. Avancé sobre la suave alfombra, abrí la puerta de la habitación y, entonces, lo vi. No podía creer lo que estaba presenciando ¿Será que esto es una pesadilla? ¿Sigo dormida? ¿Qué es esto? Mi mente no daba crédito a lo que veían mis ojos. Allí, justo en la habitación de enfrente, con la puerta abierta, estaba mi Jorge apuntando un arma a la cabeza de un hombre arrodillado frente a él, quien llorando, suplicaba por su vida… Un sonido sordo, ahogado, que jamás había escuchado antes y un rápido destello frente al rostro de aquel individuo, me hicieron entender que todo había terminado para él. El arma con silenciador y su cañón humeante, en las manos de mi amado... Grité. Era tarde para hacer nada, habían transcurrido apenas unos segundos entre el momento en que salí de la habitación y el disparo que terminó con la vida de ese sujeto. Jorge se dio vuelta, evidentemente sorprendido de verme allí, en el umbral de la puerta, paralizada y conmocionada por lo que acababa de presenciar ¿Había olvidado que estaba en la otra habitación? Mis piernas dejaron de sostenerme, caí al suelo temblando a medida de que aquel hombre, mi amante maravilloso hasta hace unas horas, se acercaba a mí con el arma aún en su mano ¡Ánimas benditas, ayúdenme! Recé en mi mente, aunque pensé que no creía en ellas ¿Va a dispararme, también? Mi vida entera pasó por mi mente en esas fracciones de segundo. Es increíble como puede ajustarse el tiempo dentro de un cerebro, para ver desfilar en tu cabeza años de vida en tan solo un instante. Pensé en mis padres y en que no podrían soportar la pérdida de otra hija, después de lo acontecido con Fernandito. Esto acabaría con ellos, ahora sí.

-Calma, mi Lila. Tranquila, amor. Nada malo va a pasarte. Ven, levántate.

Mientras él decía eso y trataba de sostenerme entre sus brazos, luego de dejar el arma en el suelo, pasaron a nuestro lado rápidamente dos sujetos que estaban en la habitación y que no había alcanzado a ver, sino hasta ese momento. Bajaron las escaleras y salieron a toda prisa. Mi cabeza daba vueltas. No entendía nada. Todo esto estaba transcurriendo demasiado velozmente, como para que pudiera comprender nada. En apenas segundos pasé del paraíso al infierno. Jorge me tenía entre sus brazos y me conducía de vuelta a la otra habitación.

Grité:

-¡SEGURO TIENES UNA EXPLICACIÓN PARA ESTO! TAL VEZ ES UNA BROMA DE MAL GUSTO O ACASO UN TEATRO MONTADO ¡DIME!

-Calma Lila, no te molestes, claro que sí. Te lo explicare todo, amor, pero cálmate primero.

Su abrazo, no podía creer que con solo sentir sus brazos que me apretaban con dulzura, pudiera calmarme. Pensé, seguro hay una buena explicación, no voy a sacar conclusiones precipitadas... ¿Qué clase de hechizo era ese? Comenzaba a calmarme al tiempo en que me recostó en su cama. Miró directamente a mis ojos llenos de lágrimas, mientras acariciaba mi rostro con delicadeza y me dijo:

-Lila, amor. No puedes decir nada de que lo acabas de ver. En realidad, aquí no ha pasado nada. Ese sujeto es alguien que me hizo mucho daño y vino aquí para matarme. Solo me defendí.

-¡¿QUIÉN QUIERE MATARTE?! Grité llorando.

-Mucha gente, Lila. Las personas no desean ver a otros felices, a otros triunfando; la envidia es el principal motivo que los mueve. Esos dos hombres que viste, son mis guardaespaldas, me acompañan a todos lados sin ser vistos. Ellos han estado con nosotros todos los días en el restaurante. Y por supuesto, aquí en la casa. Lo capturaron y me han salvado, Lila. Si no fuera por ellos estaría muerto, mi vida.

-Pero tú lo has matado…dije temblorosa

-Amor. Esa gente es escoria. Son la misma clase de criminales como los miserables que asesinaron a tu hermanito.

-¡Espera! ¿Cómo sabes lo de mi hermanito? No hemos hablado de eso.

-Mi vida. Soy abogado; soy tu jefe. He investigado cada detalle de ti y de tu vida. Sé lo del alcoholismo de tu padre y ahora tengo la certeza de que soy tu primer hombre. Dijo esto último, guiñándome un ojo mientras esbozaba una sonrisa pícara.

Me sonrojé, por un instante había olvidado que había sido su mujer. Se acercó y me besó nuevamente ¿Cómo podía resistirme? ¿Cómo podía existir alguien que le quisiera hacer daño a un hombre tan especial y amoroso? Para mis adentros, empecé a maldecir a ese bandido, que por poco me ha quitado mi felicidad. Agradecí a las ánimas (de hecho, empecé a creer en ellas a partir de ese momento) seguramente eran ellas las que habían cuidado a mi Jorginho.

Nos metimos al jacuzzi y entre mármoles y griferías doradas, volvimos a hacer el amor. Esta vez, más que "hacer el amor", era sexo salvaje, potente, vigoroso. Me tomó casi con furia, me dominó y penetró sin contemplación. Yo era su esclava. De todas las maneras, en todos los sentidos. Me hizo suya sobre cada superficie de aquella sala de baño imponente. Muchas veces. Yo me dejaba llevar, estaba completamente a merced de su voluntad ¡Y eso me encantó! Esa sumisión de mi parte, me tomó por sorpresa. Yo no soy así. Yo no soy sumisa ni me rindo ante nada ni ante nadie ¡Pero era su esclava y estaba en éxtasis total!

Casi logré ignorar por completo los hechos recientes. La lujuria, el éxtasis, el amor por este hombre fascinante que me llevaba a conocer mi propia sexualidad, casi opacó totalmente lo acontecido.... Pero allá muy en el fondo de mi mente, una vocecita resonaba insistente... Algo no estaba bien ¿Cómo llegué a presenciar un homicidio e ignorarlo por completo? ¿Qué me había hecho este hombre? La pasión que me consumía mientras Jorge seguía tomándome con un ardor inaudito, terminaron por hacerme acallar esa vocecita en mi mente. Me entregué en cuerpo y mente a su disposición. Totalmente.

-¿Y ahora, Jorge? Susurré algunas horas más tarde, recostada contra su pecho, exhausta y complacida entre sus sábanas de seda, pero comenzando a preocuparme.

-¿Y ahora qué, mi Lila?

-Y ahora… ¿Qué somos? Es decir, soy tu asistente y tú mi tutor y jefe, pero después de lo que pasado ¿Te olvidarás de mi? Pregunté con miedo a que me respondiera afirmativamente.

-Lila, eres mi mujer. Eres mía ¿Qué somos? ¿Qué quieres que seamos? ¿Quieres ser mi reina, mi consentida?

-Pues, no lo sé Jorge… No quiero separarme de ti… Balbuceé.

-¿Quieres ser mi novia? Aunque está de más. Eres mi novia ya. Aseguró y yo sonreí complacida.

-¿Qué más quieres, mi vida? ¿No quieres trabajar más? ¡Vente a vivir conmigo! Gritó.

Abrí los ojos, impresionada y contesté:

-Espera, Jorge. Aún estoy conmocionada con todo lo que ha pasado entre ayer y hoy. Todavía no entiendo cómo la envidia puede hacer que un hombre quiera matarte. ¡No quiero estar sin ti, Jorginho! ¡No me dejes sola nunca, mi amor! Dije enamorada y lo abracé fuerte.

-Tranquila mi amor. Por lo pronto, quiero que disfrutes el día. Ve de compras, llévate a la señora Rosa si quieres. Compra todo lo que necesites, lo que quieras para ti y tu mamá, no importa cuánto cueste.

-¡No, no, no! No me hace falta nada, Jorge. Sólo te necesito a ti.

-Yo lo sé, mi vida. Tú eres lo único que realmente me hace feliz y por eso quiero hacerte feliz también. Bota toda la ropa que tengas en el closet y compra prendas nuevas. Anda mi amor; quiero que cada vestido que te pongas te haga pensar en mí. Mientras tú te distraes en eso, yo tengo que arreglar unos asuntos…

No bien terminó de decir estas palabras, cuando sonó su teléfono celular. Lo tomó de su mesa de noche y respondió la llamada, poniéndose de pie para alejarse unos pasos…

- ¿Aló? Dijo.

No pude escuchar lo que le decían, tampoco supe quien llamó. Escuchó por un momento y con aspereza y evidente molestia, respondió:

-En media hora estoy allí ¡Como dejaron que eso pasara! Di órdenes expresas de que el paquete fuera transportado por mar ¡Por mar! ¡¿Acaso no entienden?! Grito enfurecido y colgó la llamada.

Inquieta por su reacción, le pregunté:

-¿Qué paquete, mi amor?

-Nada, mi vida. No te preocupes. Problemas con unos papeles muy importantes que tenían que ser llevados en barco; pero tranquila, toma. Llévate mi tarjeta de crédito, no tiene límite, así compra lo que quieras.

Y así, sin más, me olvidé del asunto y me emocionó pensar en todo lo que compraría. Apuesto a que mi mamá se pondrá feliz; hace mucho que no vamos de compras. Sonreí mientras lo decía. Me preparé para salir.

Había olvidado a los guardaespaldas. Allí estaban, junto a la puerta principal de la casa, enfundados en chaquetas negras de cuero, sus rostros escudados tras lentes oscuros. Uno era blanco, aunque de baja estatura, parecía ser muy fuerte por su complexión. Destacaba una prominente nariz en un rostro severo e inexpresivo; su cabello largo y castaño, estaba recogido en una coleta. Con un gesto sin palabras, le indicó a Jorge que aguardaba por sus órdenes. El otro, alto, de piel morena, vello facial alrededor de la boca, bien cuidado y armónico, lo que le confería una apariencia muy varonil. Cabello corto, ensortijado. Nos obsequió una gran sonrisa con una dentadura perfecta y luminosa. Pensé en sonreírle de vuelta, pero me contuve. Preferí quedarme en silencio y no reaccionar. Apreté con fuerza el brazo de Jorge al recordar al hombre de la habitación, al que quería asesinar a mi Jorginho ¿Dónde está ahora? Pero no me atreví a preguntar. No abrí la boca. Ese era un misterio que no quería resolver en ese momento. Solo quería pensar en lo feliz que me sentía, en lo enamorada que estaba de aquél hombre maravilloso que estaba allí, justo a mi lado. Nada iba a arruinar ese momento.

Jorge se dirigió al moreno de hermosa sonrisa y he de decir que me hizo mucha gracia su nombre:

-Kiko. Vas a llevar a la Doctora Castillo a su casa. Ella va a buscar a su mamá y luego, de ahí, las vas a llevar al Centro Comercial que ellas quieran. Las damas van de compras. Las vas a acompañar a cada paso que den y me las vas a cuidar con tu vida. Quiero que se relajen, quiero que disfruten y no se preocupen por nada ¿entendido? Cuando ya quieran regresar, las traes de vuelta sanas y salvas hasta su apartamento. Te quedas allí, hasta que yo diga lo contrario. Manuel, dijo dirigiéndose al otro hombre. Tú vienes conmigo. Tenemos que resolver unos asuntos.

Nos despedimos con un beso largo y profundo, ahí, sin importar las miradas de nadie. Sin pudor, sin disimulo.

-No me hagas devolver Lila, por favor.

Ya en la camioneta, mientras Kiko conducía en silencio, me sumí en interrogantes que por fin salieron a flote… ¿Será todo esto real? ¿Me querrá como yo lo amo? ¿Quién era ese hombre que murió? ¿Cómo pudo asesinarlo con tal facilidad? ¿Acaso lo ha hecho antes? Comenzó a invadirme la angustia al recordar que ese hombre había sido asesinado ante mis ojos, sin un juicio previo, sin explicaciones ni oportunidades ¿A dónde habían llevado su cuerpo? ¿De verdad ocurrió o es cosa de mi imaginación? Ya no sabía que pensar, así que de nuevo lo bloqueé en mi mente. No, de ninguna manera voy a dejar de ser feliz hoy. Mi madre y yo vamos a disfrutar como no lo hemos hecho nunca antes. Soy feliz y así voy a permanecer. Me hundí cómodamente en el asiento y disfruté en silencio el trayecto hasta el hogar de mis padres.

A mi madre, la saqué casi a rastras del apartamento, entre risas y emoción, mientras Kiko esperaba en el vehículo. Ni siquiera la dejé arreglarse; no había tiempo que perder. ¡Hoy nos vamos de compras, mamita! Se montó en la camioneta sorprendida, sin hacer preguntas, eufórica y ansiosa ¿Ir de compras? ¿A qué mujer no le gusta eso? Ya en el lujoso Centro Comercial, casi no podíamos contener la emoción. A Kiko le costaba seguirnos el paso, mientras íbamos de tienda en tienda, comprando y comprando lo que se nos iba antojando, sin preocuparnos por nada. No era que en casa hubiésemos pasado privaciones, pero tampoco jamás sobró el dinero como para poder darnos tantos gustos. Zapatos, vestidos, carteras, perfumes, accesorios, joyas… Menos mal que allí estaba Kiko para sostener todas las bolsas y paquetes…

Mi madre no hacía preguntas. Parecía disfrutar tanto como yo el poder adquirir cosas para ella y para mi padre, sin preocuparse por el precio. Por fin, después de tantos años de dolor por la muerte de mi hermano, después de haberse consumido en la tristeza y en la culpa por no haber podido proteger a su bebé, pareció renovarse ahí, conmigo. Fue como una liberación para ella, para ambas. Lo necesitábamos ¡Lo merecíamos! Como si fuésemos miembros de la realeza, así nos sentíamos. Sólo señalábamos lo que queríamos y pasábamos la tarjeta. Sin preguntar precios, sin revisar etiquetas, sin regatear. Por un lado, los vendedores estaban felices; por el otro, los demás clientes nos lanzaban miradas de antipatía y envidia. Jorge tiene razón, pensé. "A las personas no les gusta ver a otros felices". Y en mi mente, de nuevo agradecí:

- Gracias, Jorginho.

Y así transcurrió el día. Comimos en un magnífico y costoso restaurante de comida venezolana. A decir verdad, ordenamos mucho más de lo podíamos consumir entre las dos, pero daba igual, no nos importaba. Kiko se sentó en una mesa apartada, desde donde podía tenernos vigiladas mientras él almorzaba un plato ligero, para darnos privacidad. No nos perdía de vista ni por un instante. Entonces, por fin mi madre preguntó sobre él. Quedó conforme con mi respuesta: le conté que su nombre era Kiko, que trabajaba para Jorge, le servía de chofer y que también lo cuidaba como guardaespaldas, así como lo estaba haciendo con nosotras. Que en un país tan inseguro, tener un guardaespaldas no estaba de más.

Un poco más tarde, agotadas por el ajetreo y satisfechas por la deliciosa comida, nos relajamos tomando un capuccino antes de concluir nuestra aventura de compras. Sentadas allí, en ese agradable restaurante, llegó el momento de conversar un poco. Me preparé para lo que ya adivinaba serían sus palabras:

-Y entonces, mi niña ¿Cómo ha sido tu noche? Preguntó.
-Bonita, mami. Respondí con timidez, esquivando su mirada.
-¿Bonita? ¿Solo bonita? Tienes una gran sonrisa, como jamás te había visto (Dijo mientras tomaba mi mentón para mirarme directo a los ojos) ¿Y dices que tu noche ha sido bonita? ¿Estás segura que ese es el término?

Me recogí una cola en mi cabello rizado, mientras hacía tiempo para pensar mi respuesta.

-Mami, ha sido especial. Sinceramente, Jorge es un hombre maravilloso.
-Claro, hija. Lo sé y lo creo; pero por alguna razón que no alcanzo a descifrar, te veo como con una preocupación, allá, muy en el fondo de tu mirada. Como si algo empañara tu felicidad. Sé que estás feliz, pero también te noto preocupada o ¿me equivoco?
-No, mamita. Te equivocas. Solo estoy un poco preocupada por el trabajo que se me acumulará por no haber trabajado hoy.
-Estoy segura que tu jefe no se molestará, bromeó.
-Yo tampoco creo que se moleste. ¿Seguimos,

mamá? Respondí.

-No lo dudes, hija. No todos los días sales de compras con tu hija y su propio guardaespaldas, dijo continuando en modo de broma.

Antes de volver a casa, hicimos unas pocas compras más. Se nos fueron las horas sin darnos cuenta y solo noté lo mucho que habíamos comprado, cuando finalmente nos subimos a la camioneta. No sé que malabares hizo Kiko, porque siempre estuvo a nuestro lado, pero ya casi todos los paquetes estaban acomodados en el interior del vehículo cuando llegamos. Supongo que le pidió a alguien que los guardara a medida que sus brazos ya no podían cargar tantas bolsas. Mirando todo entendí que yo jamás podría pagar por mí misma tantos artículos.

El trayecto de vuelta al apartamento transcurrió entre el silencio de Kiko al volante y la euforia de mi madre revisando las compras. Pensé en Jorge y me fijé en la fecha: 10 de Agosto. La guardé en mi memoria con toda intención de celebrar, de ahí en adelante, lo que sería el aniversario del día en que nuestras almas y cuerpos se fundieron en uno solo ¿Estaba loca? No, estaba enamorada. En ese momento busqué mi teléfono celular y lo llamé, emocionada:

-¿Aló, mi amor? ¿Cómo estás mi vida?

-Hola mi reina bella. Bien ¿Cómo has pasado el día? ¿Cómo se ha portado Kiko?

-Excelente, amor. Ha estado pendiente de nosotras ¿Y tú? ¿Solucionaste el asunto del paquete extraviado?

-Lila. No deseo que toques este tema por teléfono. Dijo en tono abrupto y casi grosero.

-Ah, okey, disculpa. No sabía que no podía preguntarte sobre tus asuntos. Respondí de manera seria, también.

-No mi cielo. Tranquila amor; es verdad, disculpa. Es que solo quiero saber de ti y saber que pasaste un día delicioso. Yo te he pensado todo el día y no quiero hablar de trabajo (Volvió a su tono amoroso). Me alegra que estés bien y que haya sido un buen día. Ya quiero verte, vida ¿Vendrás esta noche?

-No, amor. La verdad, es que deseo descansar. Estoy agotadísima; además quiero mirar con mi mami todo lo que compramos y ayudarla a guardar las cosas ¿Nos vemos mañana en el Despacho, sí?

-Está bien, cariño. Descansa y no olvides que eres mi reina. Y gracias, muchas gracias por hacerme feliz. Me sonrojé y me sentí más enamorada que nunca, respondí:

-Gracias a ti, mi amor. He pasado un día increíble contigo y otro con mamá, las dos personas más especiales en mi vida. Gracias.

-Por nada, mi cielo. Todo lo que quiera mi princesa. Feliz noche. Por favor, pásame a Kiko para darle unas instrucciones.

No supe que le dijo Jorge a Kiko, su conversación fue muy breve. Solo respondió:

-Ok, jefe.

Llegamos al edificio, subimos un millón de paquetes y mi padre, como de costumbre, borracho hasta la médula, nos increpó queriendo saber el origen de tantas compras. Nadie lo tomó en cuenta. Dejamos todo allí regado en la sala y ambas nos retiramos a descansar a nuestras habitaciones. El día había sido maravilloso. Así iba a terminar.

4

DE REGRESO AL TRABAJO

No había duda, el trabajo se me había acumulado. Llegar a la oficina y observar la montaña de papeles sobre mi escritorio, fue como una bofetada de realidad, pero a pesar del enorme esfuerzo de poner todo al corriente, ese día, no me amedrenté, sino que -por el contrario- lo hice con la mejor disposición de ánimo. Estaba feliz. Había llegado muy temprano, cuando el lugar estaba prácticamente desierto. Inmediatamente, me puse manos a la obra y me metí de lleno a organizar los documentos. Jorge aún no había llegado. Serían como las diez de la mañana, cuando recibí una gran sorpresa -al parecer, sorprenderme sería una constante en mi vida por estos días - y vi que llegaba el Doctor Rodolfo Díaz-Echeverría. Al ingresar a las oficinas, me vio desde la Recepción y, sonriendo, se acercó de inmediato hasta mi puesto de trabajo. Su magnífico traje en color azul marino, hacía un contraste encantador con su cabello entrecano, dándole un aire distinguido, como de personaje famoso e importante. De andar firme y seguro, emanaba un cierto halo de heroicidad. No lo había notado cuando lo conocí, allá en ese ambiente horroroso de Tocuyito, pero ahora que lo observaba con más calma y en detalle, me daba la impresión de ser un hombre de tipo protector. Impresión que confirmó tan pronto se asomó a mi cubículo:

:

-¿Puedo pasar?

-¡Por supuesto! contesté dando un salto para levantarme de mi silla, mientras señalaba la de visitante, invitándolo con un gesto para que se sentara.

-Gracias Lila ¿Cómo has estado, coleguita?

-¡Feliz! contesté sin dudarlo.

-Me alegro mucho por tu felicidad y la de Jorge.

-¿Cómo…? ¿Cómo lo sabe?

-Jorge es mi amigo, Lila. Y aparte, no para de hablar de ti.

Sentí mis mejillas ruborizadas ¿no para de hablar de mi? Pensé.

-Espero que sean cosas agradables.

-Por supuesto Lila. Él te ama y dice que lo amas a él tal y como es.

-¿Como es? Un hombre maravilloso, dije.

-Lo es, pero… Lila, todos somos seres humanos. Te he observado de cerca; eres una mujer preocupada por su trabajo, por su familia. Jorge lo sabe. El amor para ti es algo nuevo, mi deber es aconsejarte. No sé… Te siento como la hija que nunca tuve y que me gustaría tener.

-Agradezco sus palabras, Doctor, pero ¿aconsejarme sobre qué?

-Lila. El mundo, nuestro país, está lleno de mucha gente mala, gente que ni siquiera sabemos que existe ni de lo que somos capaces de hacer ¿Recuerdas al Pran de Tocuyito? Como él, existen muchos; pero están disfrazados. Lila, ten precaución.

-¿Por qué me dice eso, Doctor? Empezaba a incomodarme y lo hice notar con mi voz.

-No lo tomes a mal, Lila. Solo es un consejo, como el que te daría tu padre.

-Mi padre no me aconseja.

-Pues yo seré tu padre.

-Usted no es mi padre y, si me lo permite, necesito terminar de hacer mi trabajo. Me contenta haberlo visto.

Se despidió de mí con una mirada de

preocupación e impotencia… ¿Por qué me decía esas palabras?

Los días transcurrían en una nueva y deliciosa rutina: llegar a la oficina, ordenar expedientes, ver a mi Jorginho llegar o salir, recibir sus mensajes de texto cariñosos ¿Cómo no emocionarme? Nos hemos acercado tanto… Noches de pasión desenfrenada, amor sin fronteras, tan intenso como el Sol abrazador del trópico. Me energiza como si me alimentase al igual que las plantas se alimentan de la luz solar. Vivo por él y para él. También me he vuelto más cercana del Doctor Díaz-Echeverría, o Rodolfo, como él mismo me ha pedido que lo llame, sin formalismos. Me ha tomado mucho cariño y yo a él. Ahora viene con frecuencia a las áreas donde está mi cubículo, pasa a saludarme, tomamos café. Conversamos y lo noto siempre protector, preocupado por mi bienestar. Conversamos acerca de la vida, de lo que pasa, de cualquier asunto menos de trabajo. Y me ofrece consejos, muchos, importantes y profundos. Me ayuda a capear el fuerte carácter de Jorge, a entender su forma de ser. Son muchos años de amistad los que median entre ambos. Él es casi como un padre para Jorge y para mí. Y sin duda me hace extrañar lo que era tener un buen padre a mi lado. Porque así era Don Luis, antes de hundirse en el alcohol y el dolor. El dolor por la pérdida de su niño, destinado a ser grande y arrancado de su vida con tan desgarradora premura. Don Luis olvidó de ahí en más la existencia de su otra hija, yo, quien nunca aspiró a la grandeza, pero sí a dejar huella, a defender a quien necesite que lo defienda y no cuente con los medios.

Pero me he olvidado de eso. Ahora solo importa Jorge y lo que es ahora nuestra rutina: cenar en su restaurante, mientras escuchamos al trío de boleristas y luego, llevarme a casa, de lunes a viernes. Los fines de semana son a su lado, en su maravillosa casa de Colinas del Country Club, donde me siento como una reina en mi palacio. Guardaespaldas, cocineros, mucamas ¡lujo! Mi vida dio un vuelco, pero lo material es secundario porque solo me interesa mi Jorge. Ya han transcurrido once meses desde la primera noche que estuvimos juntos y cada día lo amo más, lo necesito más. No concibo mi vida sin él. Tanto amor hay dentro de mí, tan fascinada estoy por este hombre y esta vida a su lado, que de alguna manera olvidé aquél suceso trágico de esa madrugada. Sólo se manifiesta ocasionalmente en forma de pesadilla, de la cual despierto llamada por la voz amorosa y preocupada de mi madre, quien me calma y me ayuda a conciliar de nuevo el sueño.

Mi madre, la pobre, aunque se preocupa por verme trabajando tanto y por mis ocasionales pesadillas, ha vuelto a ser una mujer feliz. Tal parece que la abundancia de regalos de Jorge, de prendas, de objetos, de joyas, ha conseguido comprar su felicidad. Ya era hora. No había vuelto a ser feliz desde que murió mi hermanito.

Ahora soy la acompañante de Jorge para todos los eventos sociales. Personas y lugares de altísima posición social, dinero y poder. El derroche de lujo y la ostentación de todos, me incluye; porque Jorge insiste en que debo lucir, no solo a la altura, sino ser la más deslumbrante mujer que asista a esos eventos. Eso sí, mis hermosos rizos son y serán mi sello personal. No hay insistencia que valga para que me cambie el peinado. Son mi orgullo y así me destaco entre las demás.

Para todos, por su forma de tratarme, era como si yo fuese la esposa del Doctor Jorge Da Silva. Yo no tengo dinero, pero da igual, porque mi Jorginho me colma de regalos. Todo lo que yo pueda desear, desde el punto de vista material, basta que lo mencione para que lo obtenga. Quiere que me vaya a vivir a su casa. Me quiere a su lado todas las noches, pero yo aún no me decido a dar ese paso.

Jorge tiene su carácter. Conmigo es un ángel, pero lo he visto transformarse cuando está molesto por algo o con algún empleado. Supongo que lo agobian tantos asuntos con los que lidiar. Además de la práctica legal, está el restaurante y también el otro negocio: la empresa de transporte marítimo ubicada en Puerto Cabello, que le da particulares dolores de cabeza. Yo no la conozco aún, pero me imagino lo grande que puede ser, para preocuparle tanto. Por lo que he concluido de escuchar pedazos de sus conversaciones telefónicas, es la empresa más importante que tiene, la que le da más dinero. Jorge se desvive por lo que acontece con esta empresa, realmente se preocupa por el traslado de las cargas y paquetes. Ocasionalmente se pierde alguna carga, por lo que veo que se desespera y yo trato de tranquilizarlo, diciéndole que a fin de cuentas son papeles y que las cargas están cubiertas por la aseguradora ¿no? No me responde.

Y así transcurrían mis días, en la misma rutina maravillosa. Se acercaba nuestro primer aniversario juntos. Entre banquetes, joyas y amor, mucho amor. Hasta con el cariño de Kiko -mi guardaespaldas ahora exclusivo- y el afecto y la protección de Rodolfo, cuidándome como un verdadero padre lo haría; destacándome entre la alta sociedad caraqueña por mis rizos que desafiaban la moda uniforme de todas las demás mujeres de usar el cabello extremadamente liso. De mi trabajo, aunque no era exactamente lo que había planeado al graduarme, no podía quejarme de ningún modo. De los ingresos que me generaba mi actividad en el Escritorio Jurídico, había destinado buena parte ellos a procurar la recuperación de mi papá y rescatarlo de entre las garras del alcoholismo. Además de la terapia con un reconocido especialista, mi padre comenzó a asistir a las reuniones de Alcohólicos Anónimos. Para esto, yo empleaba a Kiko para que lo acompañase, lo cual resultó ser una magnífica idea, porque mi padre al parecer encontró en él a un amigo. Se ríe de sus chistes y ocurrencias y lo ayuda a mantenerse sobrio. Es evidente que mi padre le ha tomado un afecto muy grande y aunque conmigo Kiko guarda el debido respeto y las distancias, con mi padre el trato es cordial y de franca camaradería. Don Luis está volviendo a la vida poco a poco.

Sábado en la mañana, los planes -como todos los fines de semana- eran ir a casa de Jorge para estar con él; pero recibí su llamada temprano:

-Hola, mi princesa hermosa. Buenos días.
-Hola, amor ¿Cómo estás?
-Aquí, un poco molesto, amor.
-¿Problemas en el trabajo?
-Sí, mi vida. Este fin de semana no vamos a poder vernos. Tengo que solucionar un asunto en

el Puerto. Perdón, mi vida. Te prometo que lo compensaré.

-No te preocupes, amor. Avísame cuando estés allá, por favor.

-Claro, mi amor. Te llamo luego. Si necesitas cualquier cosa, llama a Kiko.

-Tranquilo, cielo. Que te vaya bien. Me despedí.

Y, bueno, en vista de que ya no iría a casa de Jorge, decidí aprovechar y seguir durmiendo, que buena falta me hacía el descanso. Rápidamente me quedé dormida y solo me despertaron las carcajadas de mi papá, como a las once de la mañana, lo cual era bastante inusual, debo decir. Así que con curiosidad salí de mi habitación para saber el motivo de tan sonora risa y, para mi completa sorpresa, allí estaba Kiko en nuestra cocina, sentado tomándose un café y conversando con mi papá y, por lo visto, esperando a que mi madre sirviera el almuerzo que estaba preparando y al cual había sido invitado.

-¡Kiko! ¿Qué haces aquí?

-Buen día, Doctora Lila. Dijo dirigiéndose a mí, con el respeto de siempre.

Mi mamá habló:

-Lila ¿Qué modales son esos? Así no te hemos educado…

-Déjala, como ahora es la princesa. Dijo mi papá

sarcásticamente.

-No papá, no soy la princesa y no estoy siendo maleducada; solo me sorprendió ver que Kiko esté aquí. No me lo esperaba.

-Doctora, no se preocupe, tiene razón en estar sorprendida. Vine a llevar a su papá a una reunión, porque cambiaron el cronograma. Su mamá me invitó a probar su famoso Pabellón. Y bueno, como el jefe no está, pues ya sabe lo que dicen "cuando el gato no está, los ratones hacen fiesta". Remató con una sonrisa.

Mi papá soltó una gran carcajada. Ya entendí de qué se reía; parece que a Kiko le gusta utilizar refranes.

-Está bien -dije- me alegro mucho.

Almorzamos divinamente. Las caraotas que preparaba mi mamá eran las mejores de toda Venezuela. Mi papá se veía más saludable, había subido un poco de peso porque había dejado de tomar alcohol y ahora se alimentaba mejor. Almorzamos los cuatro, contentos, en amena charla, como si todos fuésemos familia. Mi papá parecía ver en Kiko al amigo que pudo llegar a ser mi hermano. Eso me hacía feliz. En mi interior, estaba agradecida con Kiko por involucrarse con mi papá de tal manera, que lo ayudaba a mejorar día con día. Por supuesto, el trato hacia mí se mantenía respetuoso y distante, cosa que molestaba mucho a mi papá, que le decía:

-¡Qué Doctora ni qué nada, Kiko! Dile Lila. Su nombre es Lila.

-Don Luis. No puedo tutearla; es solo por respeto.

-Kiko. Tú ya eres de la familia. Dijo mi papá con todo cariño. Yo sonreí.

¡Que bueno que me tomé un tiempo con mi familia! Ese compartir a la hora de almuerzo, con comida casera y preparada con amor, me resultó gratamente satisfactorio. Amaba a mi padre y me hacía feliz el verlo en vías de recuperar su salud y, sobre todo, su buen ánimo. Kiko resultó, después de todo, de una gran ayuda para traer alegría a mi hogar.

Al terminar el almuerzo y luego del riguroso café, mi padre se vistió con su camisa blanca preferida. Antes de despedirse para ir a su reunión de Alcohólicos Anónimos, se acercó y me dio un beso en la frente. Con todo el cariño del mundo, como si estuviese acumulado por muchos años. Y me dijo:

-Te quiero, hija. Gracias.

-Hasta luego, Lila. Gracias Doña Rosa. Todo estaba riquísimo. Nos dijo Kiko, saliendo del apartamento.

¡Me sentí dichosa! Papá, luego de la muerte de mi hermanito, no había manifestado ninguna muestra de amor por mí, solo parecía tener sentimientos por el alcohol. Me sentí un poco extraña, pero estaba feliz. Mi papá ahora empezaba de nuevo a ser el como el de antes, el de cuando yo era una niña; empezó a sonreír de nuevo. Empezó a tener muestras de cariño conmigo. Se despidió de mi madre con un abrazo y una inesperada nalgada juguetona, que hizo saltar ruborizada a mi mamá. Al ver aquello, Kiko sonrió ¿Y Kiko? ¡Por primera vez en casi un año de conocernos me llamó Lila! Me sorprendí. Estaba feliz, mi mamá también lo estaba. Ambas no vimos fijamente y solo con ese lenguaje que ambas tenemos, nos dimos a entender que todo iba a cambiar desde ese momento. Y así fue.

-¡Esto es para que veas lo que le pasa a los que me deben, maldito!

Y se escuchó una ráfaga de detonaciones, de disparos, al momento de salir del edificio Kiko y mi padre. Hubiese deseado que mi papá no quisiese mejorar, pues eso lo condujo a su muerte, ese día, junto a Kiko. Unos motorizados se acercaron a la camioneta, dispararon y

huyeron. Nadie los vio. Al escuchar los disparos, yo solo grité:
-¡PAPÁ!

 Al llegar a planta baja, apenas un piso por debajo de nuestro apartamento, no podía creer lo que estaba sucediendo. Hacía tan solo un instante que mi padre había besado mi frente diciendo que me quería y Kiko comenzaba a hacerse parte de la familia, y ahora todo había cambiado. Se había desvanecido. Aún en pijamas, corrí hacia la camioneta y abrí la puerta y la realidad me golpeó al rostro como si un edificio se hubiese estrellado contra mí. La camisa de mi padre, segundos antes blanca y prístina como la luz del amanecer, ahora era de color carmesí impregnada en la sangre que a borbotones había manado de su pecho, ahora sin vida. Al mirar al asiento del conductor, no pude reconocer rasgo alguno en la cara de Kiko, pues no le quedaba rostro después de tantos disparos recibidos en esa área. Mi mamá, quien venía corriendo tras de mí desesperada, cayó al suelo perdiendo la conciencia ante el espectáculo aterrador que tenía ante sus ojos. No alcancé a impedírselo. Comenzaron a llegar los curiosos y a hacer preguntas ¿Quién era capaz de matar a Don Luis? ¿Por qué lo habían hecho?
Mi cabeza daba vueltas. Mi papá. Mi hermoso papá, yacía muerto en esa camioneta. Mi papá,

quien siempre creí que terminaría su existencia por una dolencia relacionada con el alcohol, ahora había sido vilmente asesinado a manos de alguien cuyo nombre desconozco, como también su motivo ¿Atraco? ¿Confusión de identidad? No tenía idea ¿Por qué me estaba pasando esto? ¿Por qué cuando todo parecía hermoso en mi vida, se desvanecía ante mis ojos?

Vecinos que se acercaron ya se hacían cargo de mi mamá, mientras llegaban ambulancias y autoridades. Yo solo atiné a correr al apartamento y llamar a Jorge, desesperada. Pero no atendía mis insistentes intentos por comunicarme con él en ese momento. No sabía qué hacer, tenía miedo. Me asomaba al balcón y veía aquella aglomeración de personas en torno a mi madre y la camioneta. Unos procuraban ayudar, otros sólo sentían morbosa curiosidad. Algunos malvivientes intentaron, inclusive, llevarse pertenencias como billeteras y teléfonos celulares, pero el cordón humano de personas que nos conocían de toda la vida en ese edificio, lo impidió.

-¡RODOLFO! dije entre gritos y sollozos.
-Lila, Lila ¡Calma! ¿Qué te pasa?
-¡RODOLFO! LOS MATARON, RODOLFO ¡COÑO!

-¿A quiénes Lila? ¿A quiénes mataron?

-¡A MI PAPÁ! ¡A KIKO, RODOLFO! ¡LOS MATARON! SALIENDO DE LA CASA, RODOLFO ¡ESTÁN MUERTOS! Grité.

-¿Que qué? Cálmate, Lila. No entiendo ¿Qué me estás diciendo?

-Rodolfo, los mataron, repetía llorando una y otra vez.

-Lila, escúchame bien: ¿Dónde estás?

-Aquí, en el apartamento de mis papás ¡A MI PAPÁ LO MATARON! Volvía a repetir, histérica.

-Calma, Lila. Ya voy para allá inmediatamente. Déjame llamar a la policía para que se encargue. No salgas del apartamento, hasta que yo llegue. No sabemos qué pasó. Permanece a resguardo ahí.

Reviví los momentos de angustia, de miedo y ese dolor profundo en el pecho que solo sentí con la muerte de mi hermano y ahora de mi padre. Me sentía mareada, no sabía qué hacer, el desconcierto se apoderó de mí ¿Por qué me tenía que resguardar? ¿Qué hemos hecho para que esto nos pase? ¡No joda! por fin cuando mi padre comenzaba a ser el de antes, otra vez, cuando por fin intenta darle un nuevo rumbo a su vida, cuando éramos tan felices ¿Lo matan? ¿Qué ha hecho él? Si su único gran pecado ha sido sufrir en demasía por la muerte de mi hermano. Su sentimiento de culpa que acabó consigo y que nos impidió tener una vida familiar tranquila y unida. Y aunque estuviese alejada de mi padre en los últimos tiempos, de igual manera lo amaba ¿Y qué va a pasar con la señora Rosa? Mi mamá no conseguirá consuelo jamás. El único hombre en su vida había sido mi padre. Amigos de infancia, novios de adolescentes, se casaron pronto y fueron eternos enamorados. ¿Qué haré con mi mamá?... Y Jorge ¿Dónde estás? ¡Te necesito!...

A mi madre ya la habían subido unas vecinas, quienes con preocupación y cariño, intentaban calmarla, en vano. Me rompía el alma verla en ese estado de desesperación, sus gritos eran desgarradores; así que volví a bajar para estar cerca del cuerpo de mi padre, aún en la camioneta. Llegaron con sus sirenas y su alboroto las patrullas policiales, con un variopinto grupo de funcionarios uniformados, investigadores de homicidios y expertos de escenas del crimen. Cercaron el área, procedieron a hacer pesquisas. Uno de ellos se puso en contacto conmigo:
-Yo, oficial. Yo soy la hija de uno de los fallecidos. Respondí a la pregunta de si había un familiar presente. Las lágrimas surcaban, incontenibles, mi rostro.
-Señorita. Lamentamos mucho su pérdida.

Después de señalarle nombre y apellido y demás datos de identidad de mi padre, los míos, más los pocos que sabía de Kiko, me pregunta:
-¿Usted vio algo de lo que ocurrió?
-No… yo… nosotros estábamos en casa, almorzando… Kiko y mi padre iban saliendo para una reunión de Alcohólicos anóni…
-¡Ah! Su papá era alcohólico, tal vez le debía licor a un proveedor.
-No, señor. Déjeme terminar. Él se estaba recuperando; además no tenía necesidad de deber... (Volví a ser interrumpida por el oficial)
-Así dicen todos…

Y colocando cara de saber ya lo que había ocurrido, empezó a retirarse. Yo estaba destrozada por la rabia, el dolor y la angustia en ese momento ¿Y ese policía solo se preocupó por sacar apresuradas conclusiones sobre el asesinato de mi padre? Eso no lo iba a tolerar.
-¡POR ESO ESTAMOS COMO ESTAMOS! Grité.

Se dio vuelta de manera imponente y con aire de autoridad. Sin importarle mi dolor ni mi sufrimiento en ese momento. Él era el jefe, era el que mandaba y yo lo había desafiado. Me espetó:
-Mire, mija. Yo no tengo la culpa de que su papá hay sido un alcohólico.

-¡COÑO DE TU MADRE, ESE NO ES TU PROBLEMA! Grité aún más furiosa y llorando a todo pulmón. Había logrado sacarme de mis casillas.

-¿Cómo me dijiste, muchachita? Vamos a ver cómo lloras en la cárcel, por atacar a un oficial y obstaculizar una investigación policial. Estás bajo arresto. Y me tomó del brazo fuertemente.

-¡OFICIAL! Gritó alguien que estaba saliendo de un vehículo. Suelte a la ciudadana inmediatamente, siguió diciendo.

Yo no atinaba a enfocar la vista, mis ojos estaban bañados en lágrimas, me sentía desesperada, asustada, aturdida… Sentí que me soltaron el brazo. Hacia nosotros se dirigía un hombre gordo, panzón, de cabello completamente blanco y barba poblada igualmente canosa. Portaba un uniforme que parecía muy pequeño para su anatomía. Fugazmente me pareció conocerlo…
¿Pero de dónde?... De cualquier modo, solo pensaba en ese miserable funcionario que, sin siquiera conocer a mi papá, hablaba mal de él. Unos pasos más atrás, venía Rodolfo. Al reconocerlo, corrí hacia él y abrazándolo, lloré. Me dijo:

-Lila, te presento al Comandante General Nacional del Cuerpo de Investigaciones de la

Policía Técnica. Mejor dicho, ya tú lo conoces.

Levante la mirada súbitamente tratando de acomodar mis pensamientos y de buscar en mi memoria a aquel señor, que reprendía al policía que acababa de ofender la memoria de mi padre.

-No logro recordar, Rodolfo. Me parece que lo conozco, pero no sé de donde…
-Es el Comandante Izquierdo, dijo.
-¿El Comandante Izquierdo? ¿Aún es el Comandante Superior de la Policía? ¿Cómo sabes que lo conozco?
-Lila, ya no es el Comandante Superior de la Policía, ahora es el Comandante General Nacional del Cuerpo de Investigaciones de la Policía Técnica. Jefe de todos los Jefes, como ya tú sabes. Fue muy amigo de tu padre, eso te consta. Está muy triste. Cuando lo llamé no podía creer lo que le estaba contando, insistió en venir rápidamente hacia acá.
-Te agradezco que estés aquí, Rodolfo.
-Tranquila, yo soy tu amigo y puedes contar conmigo.
-Lo sé… Pero con Jorge, no… ¿Dónde está?
-Lo estuve llamando Lila, no contesta.
-¿Por qué no está cuando más lo necesito? No contesta el teléfono, no responde a mis mensajes ¡Debo avisarle sobre Kiko y mi papá!

-Ya él lo debe saber, Lila, dijo casi susurrando

-¿Qué está pasando, Rodolfo? ¿Cómo que lo debe saber?

-Jorge te vigila, Lila, dijo en voz muy baja.

-¿Cómo que me vigila? ¡Eso no es verdad! Jorge confía en mí. Estoy muy preocupada, él nunca se ha desaparecido así antes.

-No es que te vigila porque no confíe en ti, Lila, te vigila porque...

Y en ese momento se presentó el Comandante Izquierdo:

-Mi sentido pésame, Lila. Cuenta con que ayudaré a que esto se esclarezca y los culpables paguen por lo cometido.

-¿Como con mi hermano? Respondí tajante y sarcásticamente. El Comandante bajó la mirada y Rodolfo intervino:

-Disculpe, Comandante. Lila está muy afectada. Como comprenderá, su padre fue asesinado y su amigo también. Todo acaba de suceder. Pienso que hasta ahora ha tenido que ser una persona muy fuerte para estar de pie acá, ahorita mismo, frente a nosotros.

-Claro, lo comprendo, dijo el Comandante y se dirigió a mí. Toma mi tarjeta, Lila. Ven a mi oficina, necesito preguntarte algunas cosas sobre lo ocurrido. Tenemos que tener en cuenta cualquier detalle que nos sirva para encontrar a los culpables. Nada puede quedar por fuera, aunque tengo algunas suposiciones.

-¿Que mi padre era un alcohólico y le debía a alguien? Dije llorando.

-No precisamente, Lila. Estoy casi seguro de que esto no tiene que ver con deudas de copas. Ese no es el modus operandi de ese tipo de individuos. A ellos no les conviene eliminar a su deudor, porque si fuese de esa manera ¿Quién les paga? Cuando se trata de un móvil por deudas pendientes, primero hay extorsión, amenazas y agresiones menores buscando el pago de lo adeudado. No, Lila. Esto es otra cosa…

Un repentino y feroz alarido nos tomó por sorpresa, interrumpiendo la conversación: mi madre había conseguido regresar a la calle en el preciso momento en que los funcionarios forenses colocaban en las nefastas bolsas negras que se usan para el traslado de restos humanos, los cuerpos ensangrentados e inertes de mi padre y de Kiko. Los gritos desesperados de mi madre casi podría decirse que se escucharon en toda Caracas. Todos se conmovieron con su dolor, mientras le gritaba a aquel cuerpo sin vida de quien fue su amado esposo hasta hacía unos minutos:

-¡LUIS, PÁRATE! ¡PÁRATE DE AHÍ LUIS! ¡POR DIOS SANTO, LUIS! ¿POR QUÉ ME HACES ESTO? ¡LUIIISSSSS! ¡DIOS MÍO, MI SEÑOR! ¡AYÚDAME! ¡LUIS, MI VIDA, LEVÁNTATE!

-¡Mami, cálmate mamita, por favor, cálmate! ¡Mami, mami, por favor, mami! Yo la abrazaba, tratando de apartarla, mientras me ahogaba en mi propio llanto.

Han pasado algunos días desde la tragedia. Inexplicablemente, aún no sé nada de Jorge. No lo puedo entender. Me estoy muriendo de tristeza y de angustia y Jorge no aparece. Algo malo tuvo que haberle sucedido… Según Rodolfo, él está bien. Dice que las malas noticias son las primeras en llegar, pero no hay forma de que me despreocupe ¿Por qué no me ha llamado? ¿Por qué no está conmigo? ¿Dónde está? ¿Por qué me ha dejado sola en este trance tan horroroso?

El funeral y entierro de mi padre fueron toda una pesadilla; trámites burocráticos interminables, que solo fueron aligerados -en parte- por las influencias que tuvimos que mover para que obtener el Permiso de Inhumación y nos entregaran el cadáver en la Morgue, luego de serle practicada la correspondiente autopsia, dado el carácter violento de su muerte. Tanto la ceremonia, como la inhumación fueron arregladas para que estuviéramos presentes un pequeño círculo de familiares y allegados, procurando la intimidad de tan doloroso trance. Entre quienes asistieron, por supuesto que estaba Rodolfo. También el Comandante Izquierdo, quien insistió en traer a una Cuadrilla de Policías para rendir honores al difunto; para mi disgusto, vino el mismo funcionario que intentó arrestarme el día de la muerte de mi padre. No se veía para nada feliz; de hecho, era evidente su incomodidad por tener que estar allí presente, a todas luces por obligación. Yo no supe que pensar. Tampoco quise hacerlo mucho. Tenía tanto dolor en mi corazón, que no tenía cabeza para nada más. En cuanto a Kiko, hice lo posible por darle su lugar de descanso eterno allí, al lado del cuerpo de mi padre, en esa tranquila y hermosa parcela en lo alto de una colina, en los espacios ajardinados de un Parque Cementerio privado, como un tributo final por tanto aprecio dispensado a mi viejo; pero no hubo manera. Por el hecho de no ser yo familiar del occiso, no se me entregaron sus restos. No hubo palanca que funcionara. Supe, además, que nadie lo reclamó. Ningún familiar, ningún ser querido, lo lloró. Y eso me rompió el corazón. Finalmente sería enviado al infame, miserable, Cementerio General del Sur, donde seguramente sus restos pronto se convertirían en mercancía para quienes trafican con osamentas humanas destinadas a ritos de magia negra. Las flores que deposité en su humilde tumba, como un último adiós, pronto serían robadas para venderlas al próximo cliente que tenga la desgracia de enterrar allí a un ser querido.

5

JORGE ¿POR QUÉ?

-¿Aló, Lila? Hola, vida.

El sonido de su voz retumbó en mi cabeza como un huracán que arrasa todo a su paso. Así de surreal fue escuchar a Jorge saludarme desde el otro lado de la línea telefónica, como si nada hubiese pasado, varios días después de la tragedia. Casi no he podido dormir y cuando lo hago, me despierto abrumada por la misma pesadilla en donde veo una y otra vez a mi padre y a Kiko despedirse de mí, seguido por los gritos desgarradores de mi madre. Y la sangre en el pecho de mi viejo… Y el rostro destrozado de Kiko… Una y otra vez. Estoy volviéndome loca…

Pero en un instante, como por arte de magia,

casi olvidé la decepción y angustia por no tener a Jorge a mi lado cuando más lo necesité, y sentí iluminarme con una chispa alegría, con tan solo escucharlo. Así de poderosa era la influencia de Jorge en mi vida. Podía calmarme solo con el sonido de su voz. Sin embargo, esta vez yo estaba tan profundamente dolida y decepcionada por su desaparición en los peores momentos de mi existencia, que -aunque mi cabeza estaba llena de preguntas que él debía responder ¿Dónde estaba? ¿Por qué no respondía mis llamados? ¿Por qué había desaparecido sin avisar? ¿Por qué no se comunicaba conmigo, a pesar de todo lo acontecido?- no estaba lista para perdonarlo.

-Jorge. No quiero hablar contigo. Dije cortante.

-Espera Lila. No me cuelgues. Te aseguro que tengo una explicación para todo esto... Mi vida, lamento muchísimo la pérdida de tu padre...

-¡Ah! ¿Entonces sí te enteraste, pero no fuiste capaz de venir a apoyarme en estos momentos, cuando más te necesité?

-Perdona, mi vida. De verdad, lo siento. No fue mi intención dejarte sola....

-¿No lo fue? ¡No te creo! Personas que jamás pensé que estarían a mi lado en un trance tan doloroso, sí me acompañaron.

-Sí, lo sé. El Comandante Izquierdo, por ejemplo. Dijo orondo.

-¡ENTONCES ES CIERTO! GRITÉ AUN MÁS FUERTE ¡ME TIENES VIGILADA!

-Espera, Lila Cálmate, amor.

-Pues yo no sé que pensar. Dije en un tono más calmado. Ya no te creo, Jorge ¿Dónde estabas? ¿Acaso estabas con otra mujer? ¿Por qué te desapareciste?

-Lila, jamás vuelvas a pensar eso, mi vida. Quiero verte ¿Puedo ir por ti?

-No. Hasta que no aclare todo esto, Jorge. Lo siento. No quiero verte por ahora. Y colgué.

Algo que consiguió esa llamada fue traerme de nuevo a la lucha. Como si hubiese activado un interruptor en mi voluntad, tomé bríos y empecé a salir de mi aletargamiento luctuoso, de la depresión que me tenía atenazada entre sus garras y comenzó mi cerebro a elucubrar mil y un pensamientos, a toda velocidad. Ahora, me iba a enfocar con todas mis fuerzas en saber la verdad. Ahora que tenía la certeza de que a Jorge no le había ocurrido nada malo, que estaba vivo y que simplemente eligió no estar a mi lado cuando me urgía su protección, tenía ansiedad por encontrar a los asesinos. Esta vez sí lo iba a conseguir. No pude hacer nada cuando estaba pequeña y asesinaron a mi hermanito, pero esta vez no cabe duda de que lo iba a lograr. Aunque en ello se me fuere la vida misma.

¿Y qué pasaba con Jorge? ¿En qué estaba metido? Ahora, con claridad meridiana, venían a mi mente tantas señales y detalles que en su momento no pude o no quise ver…Si él era capaz de tenerme vigilada, era porque no confiaba en mí ¿Verdad? Entonces ¿Por qué habría yo de confiar en él? Tengo que moverme… ¿Quién puede ayudarme? ¿Por dónde empiezo? ¡Por supuesto, Rodolfo! Rodolfo es amigo de Jorge desde hace mucho tiempo; además tiene muchos contactos que podrían ayudarme a resolver los asesinatos de mi padre y de Kiko ¡Por Dios! Ahora me siento tan bien. He vuelto a ser yo.

-Papá. Kiko. Lucharé por ustedes. Lucharé porque los responsables de su muerte no queden impunes. Pensé y sentí en lo más profundo de mi corazón.

Me arreglé y salí, con un poco de remordimiento por dejar a mi mamá sola en el apartamento, pero debía buscar justicia. Me presenté en la oficina, rogando no tropezarme con Jorge, pues aunque había llamado antes para asegurarme de que no estuviese, no podría garantizar que no lo encontraría allí. Las expresiones de cariño y solidaridad de mis compañeros, dándome el pésame, fueron reconfortantes. Ignoré el volumen de carpetas acumuladas en una alta pila sobre mi escritorio; seguí de largo por el pasillo y. ascendí por las escaleras internas hacia el nivel superior del pent-house en donde se ubicaba el Despacho de Rodolfo, en un área muchísimo más lujosa y privada que la de mi puesto de trabajo.

-Lila querida. No te esperaba. Pasa, siéntate ¿Cómo estás? Dijo en un tono de voz paternal y tranquilizador. -¿Regresas al trabajo? ¿Tan pronto?

-Si, Rodolfo, pero no a este trabajo. Al trabajo de vivir. Al trabajo de volver a ser yo misma. Al trabajo de darle sentido a mi vida, porque hasta ahora parece que lo había olvidado. Vuelvo a la tarea de hacer justicia, Rodolfo. Mi padre y Kiko eran inocentes, se les ha asesinado y no tienen enemigos conocidos ¿Por dónde empiezo?

-Comienza por investigar sus amistades.

-Hablas como si supieras el porqué ¿Qué "amistades" querrían matar a papá o a Kiko? ¿Alguien del grupo de Alcohólicos Anónimos, acaso?

-Lila ¿no has contemplado la venganza?

-¿La venganza? pregunté confundida.

-Alguien que considere que tu padre y Kiko eran seres preciados para una tercera persona, de alguna manera y, por lo tanto, que debían desaparecer a modo de castigo para esa persona.

-¿Dices que mi padre y Kiko fueron asesinados como modo de castigo para alguien? Pregunté, horrorizada.

-Lila. Hay muchas posibilidades, debes contemplarlas todas.

-¿Por qué me hablas de esa hipótesis con tanta seguridad, Rodolfo? ¿Sabes algo de ese alguien?

-Lila. Lo siento, tengo que trabajar. Sin ti aquí, el trabajo se ha vuelto más difícil y más desordenado. Nos lleva más tiempo a todos.

-Por favor. Tú sabes algo Rodolfo y más te vale que me lo digas. Si no, eres un cómplice y los cómplices son tan culpables como los asesinos. Bueno, tú eres abogado y lo sabes muy bien, indignada respondí.

 -Lila, espera…

Salí casi corriendo de ese lugar ¿Qué sabe Rodolfo que yo no sé? ¿Ahora, a dónde me dirijo? Abandoné las oficinas, bañada en llanto ¿Qué habrá querido insinuar Rodolfo?

-¡Piiiiiiiiiiiiiiiiiiiii!

El bocinazo de un automóvil que por poco me atropella al salir de la Torre, me trajo de nuevo a la realidad; mi mente se había nublado y sin darme cuenta, pretendía cruzar la calle sin fijarme en el tráfico. Agradecí el sobresalto al mal encarado conductor, porque me había hecho reaccionar. Y no solo para esquivar el vehículo, sino, lo más interesante, para reflexionar sobre lo que acababa de ocurrir ¿Por qué debía irme? ¿Por salí de esas oficinas? ¡Rodolfo tenía que decirme lo que estaba pasando y de allí no me movería hasta saberlo! A la carrera, regresé. Sin dar tiempo a que me anunciaran, entré a su Despacho. Esta vez con solo mirarme, Rodolfo estuvo seguro de mi determinación y sabía que iba dispuesta a sacarle la verdad, a como diere lugar.

-No me iré hasta que me expliques ¿Qué es lo que pasa con Jorge?
-Calma Lila por favor. Estamos en la oficina. Ten en cuenta la presencia de los empleados y de los clientes que esperan.
-¡Pues, entonces, prepárate para el escándalo que voy a hacer si no me explicas inmediatamente y con detalle todo lo que sabes!
-Lila. No me pongas a decidir entre tú y Jorge. Sabes bien que eres como una hija para mí. La hija que nunca pude tener.
-Rodolfo, por favor… Tú has sido para mí el padre que nunca tuve presente. Y que en realidad si tenía, pero no lo pude ver. Me dejé apartar por su adicción, así como él se entregó al vicio, pero estaba renaciendo, Rodolfo; estaba cambiando y, por eso, solo por eso, me siento tan culpable ¡Pude haber hecho más, Rodolfo! Quiero saber

¿Por qué me arrebataron la oportunidad? ¿Por qué, cuando por fin empezaba a verlo de nuevo como mi padre, el de antes? Rodolfo, ayúdame ¡Por Dios! Necesito solucionar esto. Los culpables deben pagar. ¿Qué es lo que pasa Rodolfo? dime. Dije sin poder contener el torrente de lágrimas que bañaban mi rostro.

-Lila, yo…

-Dime por favor. Confía en mí. No diré que me has dicho nada. Solo necesito saber qué pasa con Jorge.

-Lila… yo…

-Dime. Si es que es cierto que me estimas como dices, demuéstramelo y actúa como el padre que dices que eres para mí. ¿Tiene otra mujer, no es así?

-Lila. Jorge es narcotraficante. Dijo crudamente y sin ambages, después de debatirse entre la amistad hacia él y el amor de padre que sentía por mí.

-Nar…Nar ¡¿Cómo?!

-Lila, no te quería decir. Incluso, él me lo prohibió ¿No te has dado cuenta? Sus viajes constantes y sin llevarte, las fotografías de personas extrañas que tiene en su casa…

-Creo, creo, creo… que es raro que tenga tantas fotos de gente para mí desconocida, pero ¿por tener fotos es un narcotraficante?

-Lila. Todos ellos son personas vinculadas a su

negocio de drogas. Distribuidores, enemigos, proveedores, clientes… Jorge es en extremo ordenado y disciplinado con eso.

-¿Disciplina para ser narcotraficante? ¿Tú sabes la gravedad del asunto? ¿Un narcotraficante?

-Lila ¿No te parece que has visto cosas que te hagan pensar que Jorge es mucho más que el abogado distinguido que dice ser, solamente?

Lo que dijo, empezaba a tener sentido para mí. Todo aquello daba vueltas en mi mente y empezaba a engranar como piezas de un rompecabezas ¿Qué cosas había visto que me hicieran pensar que Jorge no era aquel hombre perfecto del que estaba enamorada? Tantos lujos, tanto derroche, guardaespaldas, vehículos, la enorme casona en Colinas del Country Club… ¡Su casa, claro! … Nuestra primera noche… Jorge… ¡Jorge asesinó a un hombre!

-La primera vez que estuve en su casa, Rodolfo…

-¿Qué pasó la primera vez que estuviste allá? ¿Te hizo daño, Lila? ¡Lo pagará!

-No, Rodolfo, no me hizo daño. Jorge nunca me ha hecho daño. Solo se ha puesto desagradable y de mal humor cuando…

 -¿Cuando, qué, Lila?

-Cuando tiene problemas con sus cargas en el Puerto, dije.

-¿En el Puerto? ¿Puerto Cabello? Puerto Cabello es por donde entra y sale la droga que viene de Colombia y Brasil. Por allí la sacan hacia el Caribe, Centro América y, por supuesto, Estados Unidos y Europa. Venezuela se ha convertido en un lugar perfecto desde donde distribuir. Toda la operación le reporta ganancias multimillonarias, en dólares.

- Pero… pero… ¿Cómo oculta todo esto? ¿Cómo es que lleva esa doble vida donde todos pensamos que es un próspero abogado y honesto empresario?

-Lila. Jorge se graduó como abogado, pero pronto se dio cuenta que tenía habilidad para evadir las leyes y moverse como pez en el agua entre la maraña legislativa y gubernamental. Lo que ingresa del negocio de las drogas, lo transfiere a otros negocios como el restaurante, acciones bursátiles, la empresa de carga marítima, joyas, inmuebles… Todo le sirve de pantalla. Todo es una fachada que le da un aire de honestidad a sus movimientos de dinero. Pero lo que en verdad produce el grueso del capital, es el dinero proveniente del narcotráfico.

-Pero ¿Cómo hace para mover las cargas de droga por el Puerto, sin que nadie se dé cuenta?

-Lila, has visto aquí a grandes empresarios ¿no? A políticos y militares también. Ellos están involucrados. Jorge busca socios estratégicos para todas sus empresas-fachada. Eso le proporciona el respaldo de personas muy, muy poderosas. Y mientras más tienen, más quieren. Las ansias de riqueza y poder son infinitas.

-Rodolfo pero tú… tú eres socio aquí.

-Sí, Lila, pero ya va ¡Yo no soy narcotraficante!

-Pero este bufete está conectado con toda esa mafia. Tú eres socio, al igual que lo es Jorge ¿Dónde queda tu honestidad? Tú tampoco eres quien yo creía, entonces. Y mis lágrimas no dejaban de bañar mi rostro.

-No, Lila. Este despacho lo fundé yo, ya este bufete existía antes de Jorge ser socio. Hace mucho tiempo, quizás antes de que nacieras, amé con locura a una maravillosa y joven mujer. Quedó embarazada antes de casarnos y, para demostrarle a su familia que mis intenciones eran honorables, todos los bienes que yo poseía los puse a su nombre. El embarazo fue complicado desde el principio; por esa razón estuvimos posponiendo el matrimonio, pues ella estuvo de reposo absoluto durante prácticamente toda la gestación. No teníamos prisa en casarnos, queríamos concentrarnos solo en su salud y en la del niño o niña que estuviera por venir al mundo; ya luego formalizaríamos nuestra unión ante Dios y los hombres. Pero por un giro horrible del destino, sufrió las peores complicaciones en el parto, mientras trataba de dar a luz a nuestra primera hija. Ambas murieron. Creí volverme loco de dolor. Su familia, quien me culpó por llevar a su hija a ese trágico final por haberla embarazado, se encargó de dejarme en la calle, sin reconocer que lo que yo había puesto a su nombre, me pertenecía o, en todo caso, era propiedad de ambos. Solo pude conservar este bufete, que en ese entonces era mucho más modesto, pues solo había logrado -con mucho esfuerzo- adquirir el espacio. Yo no tenía ni donde quedarme, así que dormía aquí, Lila. A Jorge lo conocí siendo yo su profesor, en la Universidad Santa Catalina, muchos años después de pasar por todo el infierno de perder bienes y, esposa e hija y luego, recuperarme.

-Y ahí fue donde te compró con su dinero. Concluí, siendo desagradable.

-No Lila. Él fue un alumno brillante. Al graduarse, no sabía yo en qué andaba metido. Se acercó a mí porque me apreciaba como su profesor y necesitaba un espacio donde comenzar. Así que lo traje, lo tomé bajo mi ala y con la ayuda de su dinero y mi experiencia, pusimos este bufete a valer, tal y como lo ves hoy en día. Con el tiempo, además, forjamos una sólida amistad. Amistad que estoy dejando de lado, al contarte todo esto. Si se llega a enterarse de que estoy diciéndote toda esta historia, sería capaz de matarme.

-¡Por Dios! Rodolfo no digas eso, Jorge es incapaz de hacerte daño. Te aprecia demasiado, eso se nota

-Lila. A Jorge lo mueve el dinero, el poder… Y tú. Desde que te conoce, ha descuidado sus negocios, cosa que nunca había pasado antes.

-¿Que yo lo muevo? Eso no es posible. Ni siquiera pude ubicarlo cuando lo necesité. Rodolfo, por favor dime todo ¿Qué tiene que ver él con la muerte de mi papá y la de Kiko? ¿Es él el responsable?

-No Lila, no lo creo. No veo por qué querría causarte ese dolor. No veo motivo. En realidad, yo no entiendo muy bien estos enredos. Ten cuidado, Lila, por favor. Recuerda que el Comandante Izquier…

-¡Izquierdo, por supuesto! ¿Es que acaso él está enterado de los verdaderos negocios de Jorge?

-El Comandante Izquierdo conoce al dedillo todos y cada uno de los movimientos de Jorge. Desde siempre. Desde que era un niño. Izquierdo es su padrino de bautismo.

-¿Su padrino? ¿Pero, cómo?

-Lila. Hay tantas cosas que no sabes que no me alcanzaría el tiempo para contártelas, pero aquí no puedo contarte más. Por favor, ten paciencia. Hay algo mucho más importante que debes saber, pero en este momento no te lo puedo decir.

-¿Por qué no? ¿Qué es tan importante? ¿Qué cosa puede ser más importante que todo lo que me has dicho?

-Lila, por favor, ¡YA BASTA!

-Pues ya sé a dónde ir. Y gracias. Hasta luego.

-Lila, por favor no te vayas así ¡LILA!

Salí corriendo de aquél lugar, que ahora me causaba náuseas. Pasé junto a personas y objetos que habían significado tanto para mí, para mi profesión, con un sentimiento que era mezcla de indignación, rabia, incredulidad y tristeza. No esperé el ascensor. Mientras descendía las interminables escaleras que conducían del penthouse a la calle, saltando peligrosamente los angulosos peldaños, mil pensamientos se agolpaban en mi mente, en un torbellino que amenazaba con enloquecerme ¿Cómo fue que no me di cuenta antes? Y ese hombre que asesinó ¿Quién era? ¿En verdad, Jorge es tan malo? ¿Cómo pude enamorarme de un hombre así? ¡Qué tonta he sido!

No tuve ya fuerzas ese día para continuar indagando. Quería ir adonde el Comandante Izquierdo, en busca de más respuestas, pero ni mi cuerpo ni mi mente ya daban para más. Tanta información, sorprendente, caótica y despiadada, había causado estragos en mí. Necesitaba reponerme. Esta no era la verdad que esperaba encontrar; ahora me siento aún más destruida. Habría esperado cualquier cosa, menos escuchar que Jorge, mi amado Jorginho tuviese un costado turbio. Te amo demasiado, Jorge. Aún te amo demasiado y no sé si de lo que acabo de enterarme será suficiente para dejarte de amar, para olvidarte...

Pensé en mi pobre madre y el hecho de estar sola en aquél apartamento, ahora lúgubre y desolado. Prácticamente dejó de alimentarse y su salud decaía vertiginosamente. El luto por la pérdida de su hijo, ahora se había incrementado exponencialmente con la aún más dolorosa pérdida de su compañero de vida y único amor ¡Oh, papito mío! ¿Cómo no pude compartir contigo más tiempo? ¿Por qué no te busqué a pesar de tu rechazo? ¿Por qué?

Al día siguiente, los ojos casi borrados por la inflamación que generó el llanto incesante, no fueron obstáculo para mi revitalizada determinación. Ahora había logrado recuperar mis fuerzas. Ahora tenía más ganas de encontrar todas las respuestas, de hallar a los culpables y de, finalmente, encarar a Jorge. Si es verdad lo que Rodolfo me dijo, entonces Jorge debe estar al tanto de cada paso que he dado. No ha vuelto ha llamarme, no ha insistido en verme ¿Por qué? ¿No dijo que tenía muchas ganas de estar conmigo? ¿Esa única llamada, era todo lo que obtendría de él? Y Rodolfo… ¿Qué es lo que tenía que decirme Rodolfo que era tan grave como para no contármelo en la oficina? Voy a llamarlo.

-"Su llamada será desviada al buzón de mensajes… Usted se ha comunicado con Rodolfo Díaz-Echeverría. En estos momentos no puedo atenderle. Por favor, deje su mensaje… piiiii…"

Apagado. Luego lo volveré a llamar. Voy a hablar con el Comandante Izquierdo.

Tras perder tiempo por la intransigencia de la funcionaria en la recepción de la Comandancia, quien se empeñaba en ignorar mi pedido de anunciarme con Izquierdo (ya saben, yo no era un personaje importante o adinerado, según sus estándares de "atención") y tras la llamada que tuve que hacer directamente a su número privado, al cabo de la cual, la hasta ahora antipática recepcionista, evidentemente amonestada por Izquierdo vía teléfono, cambiando drásticamente su trato hacia mí y disculpándose, me hizo pasar hasta una salita de espera, antesala del Despacho del Comandante. Allí, mientras aguardaba en un asiento desvencijado a ser recibida por Izquierdo, observaba desde cierta distancia aquél grotesco desfile de miseria humana que pasaba ante mis ojos: detenidos esposados llevados a empujones a la Sala de Reconocimiento o a las celdas de reclusión temporal; agraviados que daban sus declaraciones ante funcionarios que tecleaban velozmente y usando solo dos dedos, obsoletas máquinas de escribir, tratando inútilmente -y eso lo sabía yo muy bien- de que sus palabras fuesen suficientes para dar captura a los malvivientes que a punta de pistola o de puñal, les habían quitado sus pertenencias. Madres que llorando clamaban la liberación de sus hijos, casi niños aún, pero ya expertos en el dudoso arte de arrebatarle los teléfonos celulares a desprevenidos transeúntes, para luego venderlos a cambio de llevar un poco comida a sus miserables hogares o, peor aún, a cambio de obtener su ración de droga para evadirse de su realidad… La tragedia de esas familias no se comparaba con la mía. Esas madres al menos tenían con vida a sus seres queridos. Podían verlos, oírlos, hacer algo por ellos. Mi hermanito, en cambio, nos fue arrebatado en la inocencia de su niñez, por motivos que no tenían nada que ver con él. Por gente desalmada y sin escrúpulos que no se detuvo a pensar ni por un segundo, en el daño tan terrible que estaba por ocasionar. Y mi padre y Kiko, acribillados despiadadamente y a quemarropa. Aún no conozco el motivo. Solo puedo llorar sobre sus tumbas. Ya no puedo escuchar sus voces, sus risas, sus chistes ¡Como me arrepiento de no haber aprovechado más el tiempo a su lado! ¡Debí esforzarme más!

La espera comenzaba a agotar mi paciencia. Los minutos pasaban y yo seguía aguardando a ser recibida por Izquierdo, en medio de aquella caótica e interminable cotidianidad policial. Tres cuartos de hora más tarde y yo seguía allí. Izquierdo estaba en medio de una reunión y yo debía seguir esperando ¿Esperando? ¿La justicia para mi padre debía esperar? ¡Por Dios! ¡Deben dejarme pasar! Sin poder contenerme más, con un impulso me levanté de la incómoda silla y sin titubear, me dirigí a la puerta del despacho sin dar tiempo a que la secretaria pudiera impedirme el paso. No bien abrí aquella pesada puerta, me paralicé en el umbral. Lo que encontré en el interior de esa oficina, no lo hubiese adivinado ni en mil años. Sencillamente no podía dar crédito a mis ojos. Allí en un asiento, conversando con el Comandante Izquierdo, se encontraba visiblemente agobiado, despeinado, ojeroso, el hombre que una vez consideré el más apuesto y elegante del mundo. En un parpadeo, mi asombro se transformó en indignación ¡en ira! El hombre que yo había amado ciegamente y con locura, el mismo que luego me había abandonado en las horas más terribles, el que no me había dado la cara, estaba allí. Ante mis ojos. De inmediato, vino a mi mente todo lo que Rodolfo me había confiado y solo quise, entonces, tener la fuerza para golpearlo, hacerle daño con mis propias manos, para hacerle pagar por sus mentiras. Pero me contuve. Con un gesto, recogí mi cabello en una cola, recobrándome un poco de la impresión. Los rostros de ambos caballeros no podían ocultar su sorpresa por tan intempestiva irrupción ¿Cómo había pensado Jorge en salir de ahí sin que yo lo viese? ¿Acaso pretendían quedarse encerrados hasta que me cansara y me fuera?

-Comandante Izquierdo. Dije, extendiéndole mi mano e ignorando completamente a Jorge. Lamento entrar sin anunciarme, no podía seguir esperando.
-Lila, por favor ¿Por qué entraste de esa manera?
-Porque era necesario, por lo visto. Y ya veo que prefería reunirse con escoria como ésta, que atenderme a mí. Dije, lanzando una mirada fulminante directo a los ojos de Jorge.
-¡Lila! ¡Mi vida! ¿Por qué te refieres a mí de esa manera? Protestó, Jorge, aún sin salir de su asombro.
-¡CÁLLATE! ¡Ya supe toda la verdad acerca de ti! ¡Ya alguien te ha desenmascarado! Y usted, Comandante, debería sentir vergüenza. Estoy

segura de que usted no está exento de conocer toda la verdad.

-Rodolfo. Sí. Habló de más, lo sé. Pero ya me encargué de él. Dijo entonces Jorge, ya asomando ante mí su verdadero ser. Lo dijo de una forma tan fría, tan despojada de toda emoción, como jamás lo había escuchado antes hablar... Su mirada perdida en el espacio denotó que no había un alma que pudieran reflejar aquellos ojos inexpresivos.

Me horrorizó escuchar que se "encargó" de Rodolfo ¡Por Dios!

-¿Qué le hiciste Rodolfo? ¡DIME! Me abalancé tratando de golpear su pecho con mis manos, pequeñas y prácticamente inofensivas ante la fortaleza y atlética contextura de Jorge.

-Hice lo que debía hacer, Lila. Hice lo que hago con todo aquél que me traiciona. Respondió, sujetando mis manos con fuerza.

-¡OH, POR DIOS! ¡COMANDANTE! ¡COMANDANTE! ¡DEBE HACER ALGO! ESTE HOMBRE HA CONFESADO HABER MATADO A SU AMIGO, SU PADRE, SU MANO DERECHA ¡COMANDANTE! Grité espantada, zafándome de sus garras.

Izquierdo se limitó a responder, con una mueca burlona y reclinándose en su viejo sillón, que rechinó quejumbroso mientras aquella masa corpulenta se estiraba perezosa sobre él:

-Que va, doctorcita. Este hombre no ha confesado absolutamente nada. Yo no he escuchado la palabra 'muerte' salir de sus labios ¿De cuándo a acá 'encargarse' es sinónimo de 'homicidio'? Usted, abogada, debería tener muy claro que las palabras en el ámbito penal son extremadamente precisas. Aquí no hay espacio para las interpretaciones ¿Confesar? No, no me parece ¿Sin testigos, sin declaraciones por escrito? ¡JA JA JA! De verdad, me hace gracia tu fértil imaginación, muchachita.

Estaba claro que Izquierdo no haría nada, así que me dirigí a Jorge y descargué amargamente toda la furia que guardaba dentro de mí:

-Jorge. Ahora sé todo de ti. Ahora sé a ciencia cierta quién eres y no sabes cuánto lamento haberme encontrado contigo después de tantos años. Hubiera preferido guardar en mi memoria, para siempre, el recuerdo de aquél niño gordito y cariñoso a quien tanto defendí en mi infancia. Creí que contigo lo había encontrado todo, que me habías devuelto a mi familia, que le habías dado un nuevo sentido a nuestras vidas después de la muerte de Fernandito, pero no. Me equivoqué contigo ¡Por Dios! ¿Cómo pude confiar en un narcotraficante? ¿Y cómo pude confiar en usted, Comandante, supuestamente tan amigo de mi padre, si usted es cómplice de éste sujeto? Ya lo sé todo, Jorge. Ya lo sé todo. Ya no me engañarás de nuevo nunca más. Voy a hacer que pagues por todo. Debe hacerse justicia. No sé cómo, pero debe hacerse justicia.

-Lila. Espera, no hables de esa manera, amor. Yo estoy enamorado de ti y lo sabes. Tú has sido quien me ha cambiado, para mejor. Tú eres el motivo por el cual yo he querido convertirme en una mejor persona. Tú has hecho que quiera salirme del negocio, pero es difícil, Lila; estoy metido en esto desde muy joven. Desde que era apenas un muchachito ¡Sí, soy un narcotraficante! Sí, soy un hombre terrible que ha cometido atrocidades, pero créeme que de todas las cosas que he hecho, de la que más me arrepiento, la que más me atormenta todos los días, es haber dado la orden para que se encargaran de tu hermanito, yo no sabía que…

-¿Que qué? Ya va… ¿Qué estás diciendo? Espera… no entiendo… Y me dejé caer fulminada por el asombro en un asiento del despacho; mis piernas no pudieron sostenerme ante aquella terrible revelación.

-¿Cómo que tú fuiste el que dio la orden? ¿De qué me hablas, Jorge? Pregunté, esperando haber entendido mal.

Jorge abrió mucho los ojos al ver mi reacción; evidentemente había hablado creyendo que yo ya tenía conocimiento de esa información. Pero ahora estaba claro que Rodolfo no había alcanzado a contarme toda la verdad. Aún había quedado pendiente la más terrible verdad de entre todas las que yo debía conocer sobre la vida de Jorge.

-Ya veo, Lila, que Rodolfo no te lo contó, dijo agachando la mirada. Lila, no fue mi culpa. Yo no tenía noción del alcance de lo que estaba haciendo. Yo era tan joven y tan arrogante, que quería demostrar que sí tenía las agallas para hacer lo necesario por el negocio. Tu padre… Tu padre no quiso aceptar el trato... Lila, amor. Perdóname. Te necesito…
-¿Cómo?… ¿Tú?… ¿Fuiste tú?… ¿Eras el joven narcotraficante que dio la orden para que persiguieran la patrulla que fue a rescatar a Fernandito? ¿Eres tú el responsable de su muerte, la de los policías y la de los otros niños? ¿Me estás diciendo que fuiste el culpable de todo eso?

Estaba impactada. Aquello no era posible. No podía ser cierto que el hombre a quien me entregué en cuerpo y alma, de quien me confesé completamente enamorada, fuese además de narcotraficante, asesino y, para colmo, el monstruo que había destrozado a mi familia. No podía salir de mi perplejidad. Por unos momentos no alcanzaba a reaccionar. Las palabras de Jorge resonaban en mi cabeza y yo trataba de darles algún sentido. Como un rayo, volvió a desfilar por mi cerebro todo aquél horror. Luego, con lágrimas que se agolpaban presurosas tratando de abandonar mis ojos y la voz quebrada por el dolor, grité con todo el desprecio y odio que nunca creí capaz de experimentar por alguien jamás:

-¡MALDITO, MISERABLE, MAL NACIDO! ¿POR QUÉ TUVISTE QUE EXISTIR?
-Lila, cálmate por favor. No grites. Lila, me están persiguiendo para matarme. Es por eso que estoy aquí, escondido. Creí que Rodolfo te había contado todo, pero veo que no es así. De haber sabido eso, no te hubiese dicho nada...
-¡Por Dios, miserable! ¡CÁLLATE! ¡En tu sucia boca no cabe el nombre de ningún inocente asesinado por causa tuya! ¿Por qué, ah? Lo tenías todo. Una familia que te amaba, un hogar con comodidades, la posibilidad de ser una persona de bien ¿Qué te pasó? ¿Fueron tus inseguridades por tu aspecto físico? ¿Fue porque eras un gordo que resentía el sufrir las burlas de los demás? ¿Tuviste demasiados privilegios? ¿Quisiste

vengarte de todos? ¿Qué diablos te pasó?

-¡Silencio, Lila! ¡Ya basta! ¡Ya es suficiente! No sigas. Te repito, tú eres lo único que en verdad he amado. Yo necesito que te quedes conmigo.

-¡Pero qué locuras dices, Jorge! ¿En qué cabeza cabe que después de haberme confesado el asesinato de mi hermanito, después de que por tu causa -ahora entiendo- que mataron a mi padre, a Kiko; después de que acabaste con la vida de Rodolfo, pretendes que me quede contigo? ¿Es que de verdad te volviste loco? ¿Quién sigue? ¿Acaso soy yo la siguiente en esa lista?

-Lila, amor. Yo no maté a tu padre ni a Kiko. A ellos los mataron por error. Aquellos disparos iban destinados a ti, mi vida. Mis enemigos pensaron que eras tú quien iría en la camioneta, como de costumbre, porque todos saben que eres mi mujer.

-¡No soy tu mujer, Jorge! ¡Ya cállate! Dejé de serlo desde el momento en que me abandonaste. A ellos no los mataste tú, pero murieron por tu culpa. Porque si ya sabias que te estaban persiguiendo y que me buscarían a mi ¿Por qué no nos resguardaste?

-Lila… yo…

-Calma, muchachos. Dijo el Comandante. Lamento haber estado aquí en este encuentro de ustedes. Pero es necesario tomar medidas. Lila, necesitamos tu colaboración para protegerte del narcotraficante enemigo que está en guerra con Jorge. Hasta ahora te encuentras en desventaja, Jorge. Aquél es mucho más poderoso que tú….

-Pues yo no voy a ser parte de este teatro, Comandante. Y Jorge, ojalá te mueras.

Ya no quise estar ahí. Me di vuelta y salí a toda prisa del despacho. Casi había alcanzado la puerta de salida de la Comandancia, cuando sentí que me tomaron por la espalda, pusieron una capucha sobre mi cabeza y no supe más después de un fuerte golpe en mi cráneo me había dejado sin sentido. Antes de desvanecerme, apenas alcancé a escuchar:

- ¡Espérate, perra!

6
QUIERO VER CUANDO SE HAGA JUSTICIA

No sé cuanto tiempo estuve allí, tampoco sabía donde me encontraba. Abrí los ojos despacio saliendo poco a poco de mi estado de inconsciencia del que no tenía idea de su duración. Estaba desorientada. Un fuerte dolor de cabeza, a causa de la contusión sufrida, me provocaba unas desagradables náuseas. Mis manos estaban atadas por detrás de mi cuerpo. Aquél lugar era tenebroso y frío. Me preguntaba si se trataba de una pesadilla o si aquello era la realidad, no alcanzaba a discernirlo. Miraba a mi alrededor, tratando de entender lo que estaba ocurriendo… Ánimas benditas del purgatorio, ayúdenme. Mamita ¿Dónde estás? ¿Dónde estoy yo?... El diablo… El diablo me ha mostrado su cara y su nombre: Jorge.

Comencé a entender, estaba secuestrada. Como estuvo secuestrado mi inocente hermanito, hace años. Se repite la historia. Mi hermano muerto, mi padre y Kiko y ahora también Rodolfo, por atreverse a contarme los sucios detalles de la vida secreta del monstruo que terminó por asesinarlo ¿Cómo puede estarme pasando todo esto? Desearía no haber conocido jamás a este asesino ¡Oh, por Dios! Mi mamá no resistirá otro nuevo dolor. Sin embargo, inexplicablemente, aunque estoy encerrada, amarrada, golpeada y confundida, no estoy sintiendo temor por mi vida en este momento. No. Mi único temor es no llegar a hacer justicia.

Jorge es el culpable de todo. Jorge Da Silva fue el artífice de la desgracia completa de mi familia. Y como para que no me quedaran dudas, él mismo lo ha confesado. Aquél quien yo creí el hombre maravilloso que todo me lo había dado, resulta que todo me lo ha quitado. Supo vestir a la perfección la hermosa piel de inocente oveja para ocultar su verdadero talante de lobo despiadado ¿Por qué no hice caso de mis instintos?

Desde aquella primera madrugada en su lujosa mansión, en mi corazón supe que algo no andaba bien, pero me deje encandilar; mi intuición fue opacada por una embriagadora mezcla de lujuria, riquezas y amor. O creí yo, que aquello era amor; pero el amor verdadero es aquél que sentían mis padres por mi hermanito; también ese sentimiento que los mantuvo unidos como una sola alma desde que eran chiquillos y se mantuvo constante hasta que la muerte los separó. Amor son las oraciones de mi madre por mi bienestar. Y algo parecido a ese sentimiento es lo que en estos momentos me impulsa: el amor porque se haga justicia. "Del amor al odio no hay más que un paso" ¡Cuanta verdad hay en el dicho popular! Entre ceja y ceja ha quedado fija una determinación: acabar con Jorge Da Silva. A pesar de estar en esa mazmorra lúgubre y atada de manos, no estoy asustada. Es sorprendente, dadas las circunstancias, pero algo me dice que saldré de ahí viva. Tengo la certeza, no sé porqué, no tengo como explicarlo, pero sé que voy a conseguir que se haga justicia.

Sigo con vida y es con un propósito. Había una razón, hasta ahora desconocida para mí, por la cual me mantenían encerrada y con vida. Es una ventaja, qué duda cabe. Tengo que pensar con la cabeza fría; en algún momento vendrán por mí. Solo tengo que esperar.

Me sentía mareada y con hambre. No sé cuanto tiempo llevaba en aquél lugar, pero tampoco había comido nada desde antes de salir del apartamento en la mañana ¿Era la mañana de ese mismo día o ya era otro? No podía saberlo. Tampoco podía saber si era de mañana, de tarde o de noche, porque no tenía acceso a iluminación solar por ninguna parte. Aparte de aquél bombillito polvoriento que con su titilante luz amarillenta colgaba precario del techo, sostenido apenas por telas de arañas y unos cables medio chamuscados, no había más fuentes de luz. Aquél era un espacio diminuto, sucio y asfixiante. En eso escuché voces y pasos que se acercaban a mi sitio de encierro. La puerta se abrió de golpe, un poco a la fuerza y entre chirridos, dando paso a dos sujetos de rostro encapuchado, fuertemente armados. Uno me tomó del brazo, sin mediar palabra, y de un jalón me puso en pie sacándome del asqueroso catre donde yo permanecía. En dos pasos ya estaba afuera de esa mazmorra. Alguien sentado tras una mesa y rodeado por otros hombres, todos encapuchados, ordenó que me dieran un trozo de pan. Uno de mis carceleros hizo el ademán de ponerlo frente a mi boca y luego, divertido, lo arrojó al piso. El hambre que estaba sintiendo hacía que me doblara por el dolor. Ya para entonces había traspasado el punto de lo que hubiera sido mi digna negativa a consumir alimento alguno que quisieran darme, mucho menos recogerlo del suelo. Así que, arrodillada, trataba de alcanzarlo con mi boca, pues mis manos seguían dolorosamente atadas a mi espalda. Cuando casi lo había alcanzado, los miserables lo pateaban para alejarlo de mí nuevamente, mientras se reían muy divertidos.

-Mira la fresita ¿A que se lo come? Comentó alguien entre risas, contemplando aquella escena.

Un hedor nauseabundo acompañó sus palabras. Un hedor tan espantoso y único, que de inmediato reconocí. Sentí arcadas, pero también sentí una especie de satisfacción porque reconocí la fuente de aquella podredumbre. Con capucha o sin capucha, era inconfundible. Entonces, dijo:

-Anda pues, levántate fresita.
-¡BOCA E'MUERTO! Grité, para su sorpresa.

Aquellos hombres intercambiaron sorprendidas miradas tras las máscaras que cubrían sus rostros, preguntándose en silencio cómo diablos es que yo había atinado a conocer de quien se trataba. Luego se rieron mucho más, pareció no importarles el asunto; pensarían que tal vez yo estaba adivinando y lanzando sobrenombres al azar. A fin de cuentas, al ser yo abogada penalista alguna vez tendría que haber oído mencionar al famoso Pran de Tocuyito, así que mencioné su nombre como pude haber mencionado el de cualquier otro delincuente conocido. Apenas una casualidad, creerían.
Boca 'e Muerto vino y me tomó del brazo

levantándome de un tirón de aquél suelo mugriento y casi me arrojó sobre una silla para conversar, cara a cara, en torno a aquella mesa donde él estaba ubicado.

-¿Qué es lo qué, fresita? Me vas a ayudar a atrapar al marío tuyo, chamita.

-¿Jorge? ¡Jorge no es mi marido! Respondí tajante.

-¡Ay, chamita, no te hagas la wili mei! O colaboras o tiemplas el cacho, menor. Así de simple.

- Yo no he dicho que no te iba a ayudar; es más, te voy a ayudar a hacerlo con todo el gusto del mundo.

-¿Cómo así, chama?

Dijo sorprendido, con su típica jerga de malandro caraqueño y su tono de voz, pausado y medio cantado.

-Pues así mismo como lo oyes. Yo te ayudo ¿Qué tengo que hacer? ¿Y por qué fue que no lo agarraste en la Comandancia? Él estaba allí, cuando ustedes me secuestraron.

-Bueno, mi reina, porque había burda e' gente, además estaban todos los pacos y el marío tuyo no andaba solo…

-Ah claro ¿Y era más fácil secuestrarme a mí

porque no tengo guardaespaldas? Porque, ustedes lo mataron ¿Cierto? ¿A Kiko?

-Claro que yes, fresita. Entonces ¿vas a colaborar conmigo sí o qué, chama? Habla claro, menor.

-Ya te dije que sí. Y si lo que quieres es apoderarte de todo lo que él tiene, su droga, sus negocios y todo, yo te ayudo.

-Nos vamos entendiendo, chamita. Pero a mí no me interesa su droga ni nada que él tenga ¿Tú ves? Yo soy el Pran, mamita. El Pran. Yo soy el que manda en esta vaina ¿Tú ves? Yo, a ese tipo, lo que quiero es cobrarle un beta. Porque ese men tiene un beta pendiente conmigo y me lo tiene que pagar ¿Tú ves, fresita?

-¿Un beta? Entonces ¿No es que te interesa quedarte con su negocio de las drogas?

-No, chamita, que va. Ese men, hace años, se cargó a mis dos carajitos, fresita. Me los desgració porque yo no me quería meter en este mundo y trabajar para él, chama. Porque por mis chamitos, yo lo que quería era trabajar a lo bien, a lo sano chamita. Legal, pues ¿Tú ves? Y por su culpa, porque después me amenazó con que se iba a cargar también a mi santa madrecita, tuve me meterme en esta vaina. Y ahí no aguanté. Y de ahí, pa'lante me convertí en una fiera, chamita, no tuve contemplación con nadie. Cuando vio que yo iba p'arriba como la espuma, hizo que su amigo el paco me metiera preso, chamita, pero el pure Rodolfo me sacó de la cana. Y aquí estoy, porque me lo mató también, y eso que le lamía las medias. Seguro fue porque me sacó del pote. Por eso, a ese carajo lo quiero pero es frito ¿Me 'tas entendiendo? Por lo que le hizo a mis chamos y a mi pure Rodolfo, porque ese señor conmigo fue calidad.

Lo que me contaba Boca e' Muerto venía a sumarse a la ya larga y horrorosa lista de crímenes cometidos por Jorge. Nueva información que no dejaba de sorprenderme ¿Hasta dónde era capaz de llegar un hombre consumido por sus ansias de poder? ¿Cómo alguien era capaz de llevarse por delante a quien se le interpusiera a su paso?
-Mira, Boca 'e Muerto - dije en tono de confianza, como si fuésemos amigos- Ese hombre, Jorge Da Silva, el mismo que se cargó a tus chamitos, es el mismo que a mí me arruinó la vida. Yo también era muy amiga de Rodolfo. Su muerte también me duele porque él a mí me trató como un verdadero padre. Y me indigna que haya muerto por contarme la verdad. Te voy a decir una cosa, yo no tengo miedo por estar aquí. Yo te voy a ayudar, ya te lo dije. Porque a veces el destino hace que se unan personas muy diferentes, para conseguir un propósito. Y ese propósito es hacer justicia. Cobrarle la muerte de nuestros seres amados y el desgraciarnos la vida.

Pero te voy a hacer una petición.

-Habla, pero que no se te ocurra dejarme la peluca, chamita, porque si no, te tengo que quebrar. Tú sabes como e'.

-No, que va. Créeme que yo lo que quiero es verlo morir, pero que primero suplique por su vida. Quiero verlo vencido, destruido, humillado. Quiero que conozca el sabor de su propia agonía.

-¡Pero miren pues, si la chamita es fuerte, no joda! 'Ta bien, pero si te la das de avión y lo que quieres es pirarte con el marí'o tuyo, tas frita chama, aunque me caigas bien.

-No te preocupes ¿Qué tengo que hacer?

Ya liberada de mis amarras, habiéndome alimentado un poco y saciado mi sed, Boca e' Muerto me explicó su plan: Yo iba a ser una especie de carnada. Iba a obligar a Jorge a que fuera a un sitio, supuestamente a verme. Tendría que ir solo y desarmado. Ahí se encargarían de él. Por un brevísimo instante, una duda cruzó por mi mente. Tal vez porque yo siempre fui una mujer correcta, apegada a las leyes y a la moral, entonces ¿Cómo podría ser yo capaz de formar parte de esto? Ha acontecido tanto desde que estoy con Jorge… He presenciado muertes y he perdido seres queridos… Y su amor… Él me demostró amor, no cabe duda… Tal vez, después de todo, Jorge no era tan malo. Se fue por el camino del mal, probablemente como reacción a las burlas sufridas en su niñez, pero ¿eso justifica matar los hijos de alguien? ¿Los hermanos de alguien? ¿Los amigos de alguien? y ¿a cuántos más ha asesinado? ¿Quién sabe cuántas cosas más ha hecho? Estaba decidido, lo haría. Boca 'e Muerto me devolvió mi teléfono celular, para que hiciera la llamada, no sin antes volver a advertirme de no tratar de alertar a Jorge ni querer escapar o me mataría y, para que no me quedasen dudas, colocó el cañón de un arma sobre mi sien atento a lo que diría en esa llamada. Pero no me preocupaba morir, lo confieso; o en todo caso, primero tenía una sed insaciable por hacer justicia, así no fuese por los medios idóneos. Ya después podría morir en paz.

-¿Aló? ¡Jorge, que bueno que me atiendes!
- Lila. Lo que pasó hoy… Perdón ¡que bueno que me llamas!
-Jorge, ya. Estoy muy mal, entiéndeme, pero yo te amo. Ven por mí y hablamos, por favor.
-Lila, claro, te entiendo. Me alegra que hayas cambiado de parecer, pero… ¿Qué te hizo cambiar de actitud? ¿Está todo bien?
-Jorge, te he extraño. Me haces muchísima falta. No puedo ni quiero vivir sin ti, sin estar a tu lado. Por favor, ven por mí. Conversemos, arreglemos las cosas, vámonos lejos. Llévame contigo.

-Calma, Lila. Me tomas por sorpresa, la verdad. No lo esperaba... Lila, dime... ¿Estás siendo sincera? ¿Puedo confiar en ti?

Había dado un paso crucial. Lo estaba logrando. Fue un momento muy intenso para mí. Me cuestioné ¿estaré incurriendo en una canallada tal y como él lo hizo? ¿Me estaré convirtiendo en lo que más odio? ¿Ahora hago trampas para matar a gente? ¿Estaré haciendo lo correcto? Una fugaz preocupación surcó mis pensamientos. El escuchar la voz de Jorge me hizo notar que, a pesar de todo lo malo que me ha hecho, lo seguía amando ¿Acaso seré capaz de hacer esto, Dios mío? Inquirí en mi interior. Y seguí sin amilanarme. Ya no había vuelta atrás. Comuniqué las instrucciones, tal cual me había señalado Boca e' Muerto:

-Jorge, amor. Siempre vas a poder confiar en mí. Siempre. Yo soy tuya ¿recuerdas? Ven a buscarme, te voy a esperar en Plaza Venezuela. No tardes más de media hora en llegar, por favor. Apúrate, te lo ruego. Ven solo, no quiero a tus gorilas alrededor.
-Lila, amor, sabes que no puedo arriesgarme a ir a un sitio tan expuesto, sin guardaespaldas.
-Jorge. Vendrás únicamente a buscarme a mí. No es que vas a ir a una guerra, no necesitas

guardaespaldas para eso. Yo te lo estoy suplicando, te estoy pidiendo que me demuestres que de verdad me amas, como lo dices. Entonces, pruébamelo. Demuéstrame que de verdad eres capaz de hacer lo fue fuera por mí, Jorge. Ya te lo dije: no quiero ver que llegues con guardaespaldas. Es más, no quiero que vayas armado. Solo ven armado con tu amor. Es todo lo que necesito. Necesito que me pruebes tu capacidad de amarme por sobre todas las cosas. Es lo menos que puedes hacer, después de todo lo ocurrido ¿no te parece? Jorge, ven a buscarme. Abrázame, por favor, te necesito.

-Tienes razón, mi vida. Lo entiendo. Te voy a demostrar que eres mi todo y que por ti soy capaz de exponerme de esa manera. Ya voy saliendo a buscarte. Por ti iría hasta el fin del mundo. No puedo esperar para abrazarte.

Estaba hecho. Boca e´ Muerto sonrió ampliamente, complacido, exhalando su aborrecible mal aliento al cual ya empezaba a acostumbrarme. Un frenesí de pasos apresurados y subimos a las camionetas; grandes y negras camionetas con vidrios que no dejaban ver su interior. Boca e' Muerto y yo compartimos el vehículo. No quería perderme de vista. Tampoco quería quedarse a esperar por los resultados: él mismo se encargaría con sus propias manos.

Ya había oscurecido cuando llegamos a Plaza Venezuela. La iluminada y majestuosa fuente contenida en el centro de ese gran redondel vial, brillaba llenando de chispeante belleza el paisaje capitalino. No cabe duda de que ese es uno de los hitos urbanos más hermosos que tiene la ciudad de Caracas. El mágico ambiente creado por su altísimo chorro de agua que caía envolviendo en una fresca llovizna a los despreocupados transeúntes, le daba a todo el espacio un aire de paz y serenidad. No pude dejar de pensar que esa hermosísima estampa sería la última imagen que verían los ojos de Jorge. Y quizás, también sería la última imagen que apreciarían los míos, porque una vez concluido el asunto por lo que respecta a Jorge, era muy probable que Boca e' Muerto decidiera terminar también conmigo. A fin de cuentas, yo era la mujer del hombre que acabó con la vida de sus hijos. Y aquellos balazos que terminaron con la vida de mi padre y de Kiko, estaban destinados a impactar mi humanidad. Volvió a amenazarme diciendo que si intentaba correr, huir o advertir a Jorge, sería el fin de mi vida y de la de todo aquél que estuviese atravesado. Era muy extraño. Por increíble que parezca, no sentía miedo. Las Ánimas Benditas seguro me estaban protegiendo, rezaba porque así fuera. Ya pronto acabaría todo. Ya pronto vería a Jorge pagar por todas sus malas acciones.

Personas como él deben desaparecer de la faz de la tierra. Mi hermoso país debe ser limpiado de tan monstruoso ser. Los muertos inocentes por causa de él, merecen justicia.

Seguí al pie de la letra las instrucciones al descender del vehículo: colocarme en cierto punto frente a la fuente. Y allí me quedé, como si nada, mientras el viento hacía ondear los rizos de mi larga cabellera, como si fuese una simple paseante que admira y se entretiene con el incesante flujo del agua prístina al compás de las luces y con el trasfondo de la palpitante ciudad moviéndose en infinito vaivén de personas y tránsito vehicular.

Me perdía en mis pensamientos sin importarme el grupo de hombres que había venido conmigo dispuestos a matar ¿Jorge vendrá? ¿Me abrazará? ¡Como deseo que muera! Me consumía el deseo cada vez mayor de verlo muerto. Lo odiaba y hasta yo misma había empezado a odiarme por estar ahí, siendo una versión de lo mismo que Jorge era, pero ¿cómo no hacerlo? ¿Cómo dejar pasar la muerte de mi pobre padre y de mi hermano? ¿Y la de Kiko y Rodolfo? Ellos murieron por un hombre que no merecía ni pronunciar su nombre ¡Cuánto odio tengo! Ya quiero que esto acabe…

Un abrazo cariñoso e inesperado, desde la espalda. Un susurro cariñoso al oído, lleno de amor:

-Mi Lila. Mi vida. Mi todo. Aquí estoy.

Por supuesto, era Jorge. Su dulce aroma, su abrazo fuerte e inconfundible, su voz reconfortante, me trajeron en un instante el recuerdo de todas las noches que pasamos juntos, su tibio aliento en mi cuello revivió sensaciones solo experimentadas a su lado. De pronto, el odio volvió a mutar en amor. A pesar de todo, seguía total y completamente enamorada de aquel hombre. No obstante mi sed de justicia, sin duda seguía amándolo. Él fue el primero y el único en mi vida. Dicen que el verdadero amor va más allá de cualquier otro sentimiento. Dicen que es más fuerte que el odio. Y ahí estaba, el amor subsistiendo a pesar del odio que sentía por aquél hombre.

No. No quise voltear y verlo a la cara. No quise arriesgarme a sucumbir de nuevo al amor, que terco, se empeñaba en aflorar. Estaba decidido, esa noche se haría justicia y yo formaría parte de eso. Ya no hay vuelta atrás. Mami querida, ojalá estés rezando por mí. Ánimas Benditas, no me dejen arrepentirme.

Escuché una detonación cuando apenas Jorge me soltó de aquel abrazo cariñoso, el último que me daría. Las personas en el lugar gritaron y comenzaron a huir, despavoridas. Yo no pude moverme. Estaba paralizada. Sentí el tiempo transcurrir de un modo extraño, como si se detuviera. Los segundos parecieron horas. Sentí como Jorge se desplomó a mi lado, volteé a mirarlo y lo vi tantear la sangre que manaba incontenible de un costado de su cuerpo. Nuestras miradas se encontraron. Mientras se desvanecía para nunca más recobrarse, sus palabras sonaron sinceras como jamás las sentí antes, cuando con su último aliento se dirigió a mí:

- Lila, mi Lila. Perdóname por todos mis errores, pero yo te amo… Adiós, amor…

No sentí nada. Yo había muerto por dentro, como él estaba muriendo físicamente. No había en mí amor, tampoco odio. Solo satisfacción por lo sucedido. El tiempo parecía seguir detenido. No lo noté entonces, pero ahora podía comprender que yo también había sido alcanzada por la bala que atravesó el cuerpo de Jorge e impactó además contra el mío. Súbitamente perdí mis fuerzas, mis piernas flaquearon y comencé a sentir el dolor producto de la herida. Al parecer, Jorge no moriría solo, pero al menos yo podía verlo morir. Ya nada más tenía importancia.
Mientras yacía a su lado, contemplando su agonía

y empapada en sangre, se acercó Boca e' Muerto, dispuesto a cobrar venganza de una vez por todas. Apuntó su arma automática directamente sobre el cuerpo de Jorge y accionó el detonador:

-¡TOMA, MALDITO! ¡ESTO VA POR MIS HIJOS, NO JODA!

Y así, una ráfaga de ardientes e incontables municiones fue descargada estrepitosamente, acribillando caóticamente el esbelto, magnífico cuerpo de aquél hombre tirado en el suelo. Boca e' Muerto había logrado su propósito y yo también: verlo morir, mirándolo a los ojos. Lo vi apagarse e irse de este mundo y, mientras lo hacía, creí ver también las ánimas de mi papá, de Fernandito, de Kiko y Rodolfo, sonrientes. Ahora yo también iba a morir, pero me iría de este plano con la satisfacción de haber obtenido justicia. La única justicia posible. Estaba lista. Con resignación, cerré los ojos y me dispuse a morir en paz.

El agudo dolor en mi abdomen, me hizo despertar ¿Despertar? ¿Estaba soñando? Iba recobrando la conciencia y alcancé a reconocer el dulce rostro de mi madre, sentada a mi lado, con el rostro surcado por las lágrimas y un rosario entre sus manos. El dolor, pulsante, se intensificaba. Los analgésicos que me habían administrado en el centro de salud adonde me habían llevado, comenzaban a perder sus efectos.

-¿Mami? ¿Mami? ¿Qué ocurre, dónde estoy? ¿Qué pasó?

-¡Ay, mi hija querida! ¡Ay, mi hija bella! Mis Ánimas te protegieron, hija. Estuviste en medio de una balacera, pero ya estás a salvo ¡Gracias, mi Dios bendito! No te he perdido también, mi hija.

-¿Balacera, qué balacera? No entiendo nada. Mami, tengo sed, dame agua. No estoy entendiendo. Estoy mareada... Tengo mucho dolor...

-Hija, estuviste en medio de una balacera. Una bala entré desde la parte trasera de tu cuerpo y... y... y destrozó tu útero, mi niña. Te operaron de emergencia, pero no pudieron conservar el útero, estaba destrozado.

-¿Me operaron? ¿Me dispararon?

-Sí, mi hija. Todavía estás desorientada, eso es por la operación. Pero estás a salvo, solo que ya no tienes útero.

-¿Sacaron mi útero? Pero si no tengo útero, eso significa...

-Sí, hijita. Eso significa que no vas a poder tener hijos. Pero eso no importa, mi hija linda. Lo más importante es que estás bien. Que te salvaste. Mi querida Lila, eres lo único que me queda en este mundo. Y estás viva, mi amor.

Entonces, recordé lo sucedido. Y dando gracias a las Ánimas a las que mi madre le tenía tanta fe, me quedé tranquila, mientras una lágrima solitaria bajó inadvertidamente por mi mejilla:

-Este es el precio que tengo que pagar.

Y así, con esa paz que ahora sentía recostada en aquella cama de hospital privado, con mi madre tomando mi mano con fuerza y con los rostros sonrientes de mi papá y de Fernandito a quienes sentía felices parados a nuestro lado, los recuerdos de Jorge y de todos aquellos momentos terribles, se desvanecieron. Se ha hecho justicia. La justicia no siempre se imparte desde los tribunales. A veces llega por otros caminos, que pueden ser oscuros, tortuosos e incomprensibles. Y a veces tarda y se paga muy caro. Pero la justicia es la justicia. Y cuando llega, siempre es bienvenida.

Fin

AMOR CIEGO, JUSTICIA CIEGA

J.C. SOLAS

GLOSARIO DE
TÉRMINOS Y EXPRESIONES

Buscas las camisas con tu dicho o frase favorita en
https://www.shop.lashistoriasdelaciudad.com/

Alo: Contestación o respuesta a una llamada telefónica, es el equivalente a hola o bueno. Y todos los venezolanos en su contestación responden de esa manera.

Animas: Aunque Animas tiene que ver con las horas en que se invitan a los fieles católicos para orar por las almas que vagan en el purgatorio, en Venezuela hace referencia directamente con las almas de los fallecidos y que según las creencias religiosas de este país, acompañan a sus seres queridos para cuidarlos y orientarlos en todo momento. Las animas toman mas fuerza cuando son mártires, niños o fallecidos inocentes. Son liberados cuando cumplen el propósito de cuidar a sus seres queridos.

Arjona: Apellido del popular latino canta autor Ricardo Arjona, que se popularizo en Venezuela en la época de los noventa y que muchas de las frases de sus canciones forman parte del argot popular de los venezolanos, así como de otros muchos cantantes que han influenciado el habla popular.

Beta: Sobre este término se sabe muy poco sobre su origen, empezó a ser usado por las clases bajas del país, y tiene muchos significados dependiendo de su contexto, el "beta" es principalmente una situación que no ha sido descubierta o no ha sido realizada, es común escuchar "cuéntame el beta", que es lo mismo a "cuéntame la situación" o "dime que hay que hacer". También por supuesto dependiendo en el momento en que se diga, significa ya la situación esta lista o ha sido realizada, "el beta está listo", quiere decir ya la situación que se menciono está hecha o realizada por la parte.

Bolívares: Es la moneda legal en curso que se utiliza en Venezuela y obtiene su nombre del libertador y figura nacional Simón Bolívar, prócer que combatió fervientemente en contra de la esclavitud de no solo Venezuela, sino que logro libertar cinco países mas: Ecuador, Colombia, Uruguay, Paraguay y Peru.

Cantaros: Mucha cantidad de cualquier cosa. Por ejemplo, "llover a cantaros", quiere decir llueve mucho o demasiado.

Cerros: Son montañas pequeñas que se encuentran distribuidas gracias al terreno tipo Valle que cuenta Caracas y la zona norte de Venezuela. Propiamente en el termino coloquial Venzolano los cerros están llenos de casas humildes y muy pobres también conocidas como ranchos que tienden a llegar desde la base hasta la punta y generalmente se encuentran las personas en extrema pobreza.

Chacao: Municipio popular encontrado en la capital de Venezuela, Caracas.

Chamita: diminutivo femenino de la palabra Chamo, que en Venezuela es muy común para designar a un niño o joven, en el caso de chamita se refiere a una joven o una niña muy pequeña. También depende del contexto donde se encuentre, denigra un tanto a la mujer (En el caso que sea adulta) y la asocia con inmadurez e incoherencia.

Cola de caballo: En Venezuela, la cola de cabello no precisamente se refiere a su término literal, hace acotación a un amarre que hacen las mujeres a su cabello en la parte de atrás de su cabeza, y hace referencia al movimiento suelto y despeinado como el de una cola de un caballo.

Coño: Es una palabra de contenido vulgar que tienes sus raíces en el latín ancestral, coño se utiliza como una interjección que puede mostrar sorpresa, rabia o enojo. Es muy usada entre los interlocutores venezolanos y Latinoamérica, aunque es un palabra obscura y obscena es muy común escucharla e incluso de ella derivan otros términos como "coñazo" que se refiere a una gran cantidad de… o también según el contexto en que se encuentre quiere decir golpe o golpear.

Estas palabras también están acompañadas de sufijos que marcan la intensidad como por ejemplo "coñisimo".

Coño de tu madre: Es una expresión fea o vulgar, sin embargo es sumamente popular entre los venezolanos e indiscutiblemente forma parte de su argot coloquial, en muchos casos esta frase es trasmitida de generación a generación así que no se sabe cual precisamente es su origen. La frase "coño de tu padre" según la acentuación denota decepción, rabia y no suele ser muy halagador. Es bastante común escucharla en todo el territorio de Venezuela.

"Echar cabeza": Es muy común en el argot de Venezuela, y quiere decir pensar, buscar ideas o soluciones, "Echar cabeza" es auspiciar una salida a algún problema inminente, se utiliza sobre todo si es problema es muy difícil y se tuvo que pensar demasiado.

Femenina: Ciertamente tiene su signidficado general a mujer, pero es un termino muy común y usado entre los organismos de seguridad del país, para referirse a una mujer policía, Guardia Nacional o alguna mujer pertenenciente a la milicia, algo que para años anteriores no era muy común en el país.

Fresa/Fresita: En todo el país es muy conocido este termino, popularizado por los criminales del país, que han organizado su propio argot y su propio lenguaje. Llamar a una mujer "Fresa" para estas personas significa una mujer de altura, elegante o principalmente que no se relaciona con su clase social. Generalmente tiene que ver con una mujer que no es pertenecientes de los barrios y es de altura.

Guáramo: Este término popularizado en toda Venezuela por ser un árbol muy prolifero en el país, de gran tamaño y fortaleza, toma sus características principales para convertirlo como parte de su argot coloquial, haciendo referencia a las personas que tienen mucha fortaleza o valor para realizar una acción o actividad. En gran medida una persona con guaramo es muy estimada por sus seres queridos y es tomado como una persona de mucha fortaleza.

Jibaros: Es un término que se utiliza en Venezuela para designar a los vendedores de drogas, son las personas encargadas de distribuir este ilícito en las comunidades. Generalmente los jibaros tienen muy mala reputación y son personas muy agresivas.

La Castellana: Lugar de altura, de clase alta ubicada en Caracas, Venezuela. Muestra excelentes paisajes urbanismos, de gran envergadura y arquitectura.

Mandón: Un término que forma parte de la cultura popular venezolana, Se refiere a una persona que realiza una alta cantidad de órdenes.

Especialmente si la persona no realiza sus mandatos con amabilidad y es una manera algo despectiva para referirse a ella. Es una tendencia de una manera muy exagerada a mandar a otros.

Marido: Esposo u hombre casado de una mujer. En muchos casos se obvia la d , para denotar el "mario" y se considera vulgar y de clase baja este término.

No jodas: Es una expresión muy peculiar y común en Venezuela, parte del término "Joder" que significa no juegues conmigo o no fastidies. Expresión que marca exclamación una sorpresa o incredulidad. También se puede utilizar para decirle a alguien "no me fastidies".

Pabellón: Comida típica venezolana, de gran auje en Venezuela y sumamente popular, esta compuesta de carne deshebrada o como se conoce "mechada", aliñada y en salsa, caraotas negras que es un grano típico en Venezuela, arroz blanco cocido, y tajadas de plátano frito. En algunas partes de Venezuela, también se le agrega un huevo sobre todo en la frontera con cercanía a Colombia.

Paja: Es un término coloquial muy utilizado en Venezuela, hace referencia a decir mentiras o no estar diciendo la verdad. "Hablar paja" en Venezuela quiere decir hablar sin orientación o divagar en todo sentido con lo que se dice. No decir la verdad, o hablar con mentiras y sin distinciones de la verdad.

Palanca: La Palanca es el termino que se utiliza en Venezuela, para mencionar cualquier ayuda o favor que ejerce alguien con algún tipo de poder en pro de otra persona. También se refiere a "Palanqueado" la persona que es la acreedora de ese favor.

Penal: A parte de tener un significado en criminología, en el argot popular venezolano se refiere a penal a las cárceles de Venezuela. Hace referencia en gran parte a los sitios y sus condiciones deplorables.

Pran: El Pran, es un término que antiguamente solo se utilizaba en las cárceles Venezolanas, sin embargo actualmente ha tenido tan auge, que se ha vuelto un término muy común entre los venezolanos. El Pran se refiere al presidente, líder, o apoderado de la cárcel, cabe destacar que este lugar o posición se da en las cárceles Venezolanas, y un Pran deja de serlo cuando otro es capaz de asesinarlo. El Pran controla muchos aspectos de la cárcel, y es el que contradictoriamente lleva justicia (a su manera) sobre las ocurrencias o situaciones que se presenten a lo largo de su mandato, el Pran solo es destituido por otro que se atreva a matarlo.

Puré: Muy común entre la clase baja y criminales del país, aunque suelen ser vocablos que con el tiempo se van extendiendo, viene a ser un término que se utiliza para designar a una persona mayor o de avanzada edad, también se utiliza para decir "mi padre" o "mi madre", indistintamente de su género. Muestra cordialidad hacia las personas de avanzada edad y es una manera digamos cariñosa de referirse a ellos.

Reo: En Venezuela un Reo se refiere a una persona que se encuentra en un reclusorio o cárcel, alguien que literalmente se encuentre presente en cualquier recinto penitenciario. Hace referencia a la persona que se encuentra actualmente dentro de una cárcel.

Rial: En Venezuela, Rial es considerado el dinero, plata, moneda, billete, este término que coloquialmente se utiliza también hace referencia a que una persona tiene mucho dinero. Y es un término un poco vulgar y muy común su uso en muchas partes del país.

Tajadas: Corte del plátano maduro, que se fríe y forma parte del plato típico venezolano. Y de la mayoría de las comidas es el principal acompañante. Es peculiarmente delicioso y el platano en mucha de sus presentaciones forma parte de la variada gastronomía Venezolana.

Templar el cacho: Aunque es un término bastante peculiar, su significado coloquial no tiene nada que ver con lo que dice textualmente la frase "templar el cacho". Quiere decir en Venezuela, morirse o matar, algo referente a desaparecer y no estar más sobre la faz de la tierra.

"Wili Mey": Es una frase que tiene su origen en el pelotero de nombre Willie Mays, el cual tenía una extrema facilidad para robarse las bases, primera, segunda, tercera y hasta home. Esta agilidad lo hizo famoso y se popularizo en Venezuela, como alguien que se hace el tonto para lograr algo, aunque debido a la distorsión que ha sufrido en su pronunciación a cambiado un poco su manera de escribirlo, sigue teniendo el significado de tirar la piedra y esconder la mano, o hacerse el gafo o el tonto ante cualquier situación.

GLOSARIO DE
TÉRMINOS Y EXPRESIONES

Buscas las camisas con tu dicho o frase favorita en
https://www.shop.lashistoriasdelaciudad.com/

Ando pelando: Andar sin dinero

Anexo: habitación o apartamento

Arrechar: enojar, emberracar, excitar sexualmente.

Bachaquear: Contrabandear o revender alimentos y productos de primera necesidad

Bachaquero: Persona que se dedica a revender o contrabandear alimentos o productos de primera necesidad

Bajale dos: calmarse, tranquilizarse

Bajarlo: asesinarlo, matarlo, darlo de baja.

Batuquearme: Es un movimiento rápido, también se puede usar como ingerir la cocaína

Bolas: guevas, pelotas, testículos, arrojo, coraje, guapeza.

Burda e ladilla: Muy fastidioso

Cabellos churcos: Cabello ondulado, churco.

Caer a coba: Decir mentiras

Caer a palos: Tomar alcohol

Caer a pericos: Esnifar cocaína o perico

Caernos a perico: Ingerir perico en cantidades

Caerse a palos: Tomar alcohol

Carajito (a): niño o niña pequeña

Carajo: alusión negativa de una persona

Cayendo a paja: Diciendo mentiras

Chamos, chamitos: Así se llama a los jóvenes.

Chill: Tranquilo

Chiripita: Se refería al pene, como diminuto

Coger: fornicar, copular, relación sexual

Coñazo: golpe, puñetazo.

Coño e' madre: insulto, hijo de tu maldita madre

Crisiao: ansiedad de consumo, crisis por falta de droga

Echar birras: Tomar cerveza

Echarle bolas: Insistir, tener dedicación

Enchufados: Allegados al gobierno
Engatusarlo/engatusar: Corromper, manipular.
Esnifar: inhalar cocaína por la nariz
Fino: Bien.
Full Boleta: Algo muy notorio
Guisao: Cuadrado, cocinado, definido.
Jalada: serie se jalones o "aspiraciones" de cocaína
Jalón: acción de inhalar cocaína
Jevas o Jevitas: mujeres, novias, damiselas o prostitutas
Joderse en la mano que da de comer: Traicionar al jefe o persona que brinda apoyo
Ladilla: alguien fastidioso, molesto, desagradable.
Línea: Puede referirse a la línea de cocaína
Lucas: Dinero
Mamaguevo: Insulto coloquial
Marico: pana, compañero, amigo
Mariquear: arrepentir, echar para atrás, acobardar
Mariquito: Diminutivo de marico.
Me cargan a monte: Estar encima de una persona para que realice algo.
Me cargan jodido: incumplir con el pago de las deudas
Me cargas: Me tienes
Menor(a): Mote genérico de las clases bajas.
Menor(b): un término que se utiliza para saludar a otras personas y denota cordialidad o hermandad
Merca: la reserva de droga para vender, la mercancía
Meter unos reales: Invertir dinero
Pacos: autoridades policiales, policías, guardias.
Pajudo: Mentiroso
Palos: Cada palo son mil bolívares.
Pana o Parce: amigo, compañero de andanzas, camarada, compinche
Pasapalos: Comida, sería el equitativo de tapas, o aperitivos
Pea: resca, borrachera, estado de ebriedad.

Pegar un quieto: Realizar un asalto

Pegarle los mocos al techo: Andar exaltado.

Pegues: Estar drogado

Pelando: Sin dinero

Peos: problemas, conflictos, peleas

Perico: Derivados de la cocaína más impura

Piró: Mote genérico en masculino utilizado por delincuentes.

Piroa: Mote genérico en femenino utilizado por delincuentes

Platero: monto de dinero, cantidad de plata o dinero.

Ponerse con cómicas: Cambiar los términos de un acuerdo.

Rallar: Hablar mal de alguien

Rallas: Hablar mal

Ratón: guayabo, resaca

Rayado: Persona con mala reputación

Real: Dinero

Shots: cada trago de licor que se ingiere

Sifrinitas: Mujeres engreídas

Tigritos: Negocios

Tochada: tontería, bobada

Tranqué: Colgar.

Traqueto: comerciante de drogas ilícitas, narcotraficante.

Tripeo: salida de viaje, emprender un viaje

Un Pase: la dosis de cocaína que se aspira

Verga: Palabra genérica, se usa para cualquier referirse a cualquier cosa.

Volteadas: Borrachas.

Voltearle la cara: abofetear

Vueltica: Misión

White: la cocaína, la coca, la blanca

Yesquero: mechero, encendedor, candela

Zanahoria: Estarse sano, no meterse en problemas

LAS HISTORIAS DE LA CIUDAD

El mundo no es blanco y negro como las páginas de este libro.
Es de color gris. El bien y el mal aparecen muy borrosos
cuando la espalda está contra la pared. Como reaccionas ante la
adversidad, determina gran parte de tu destino.
Si, controlas tu destino, ¿qué vas a elegir?
El poder real viene con opciones y es por eso que el
conocimiento es poder. El mundo es grande, pero si no sabes
qué opciones existen más allá que las de tu área inmediata, no
tienes muchas opciones. Todo y todos están conectados de
alguna manera. Nuestra misión es conectar y comunicar para
crear un mañana mejor para todos y
cada vida que tocamos.

**Nos gustaría aprovechar esta ocasión para invitarle a leer
otro libros de LHDLC en
http://www.lashistoriasdelaciudad.com/libros**

**Manténgate en contacto con LHDLC y
Únete a nuestra lista de email en
http://www.lashistoriasdelaciudad.com**

The House of Randolph Publishing, LLC
1603 Capitol Ave.
Suite 310 A394
Cheyenne, Wyoming 82001

Email: info@lashistoriasdelaciudad.com

Voice #: 307-222-2788
Fax #: 307-222-6876

SOBRE EL AUTOR

Abogada de profesión, **J.C. Solas** es una lectora y escritora creativa con una pasión por la literatura, especialmente las novelas negras. Su vida ha sido muy ajetreada ya que ha sido parte de un país azotado por años de conflicto. Creció en una comunidad llena de problemas sociales que terminaron acabando con la tranquilidad de la población. la venta de estupefacientes, prostitución, pranes en las cárceles, secuestro, estorcion, sicariato, etc. J.C. piensa que todo es justificable a partir de la historia de cada persona. Ella ha entrevistado e incluso conversado con criminales y delincuentes que tienen historias de sus hechos para narrar.

Vea aquí más información disponible sobre J.C. en
www.lashistoriasdelaciudad.com/libros